Rémi Grant

40 ans…
Le chapitre du changement

Édition : BoD – Books on Demand, info@bod.fr

Impression : BoD – Books on Demand,

In de Tarpen 42, Norderstedt (Allemagne)

Impression à la demande

ISBN : 978-2-3223-8001-5

Dépôt légal : juillet 2022

à mon fils...

Chapitre 1
Pas si mal finalement

Une odeur agréable lui envahit les narines. Cette odeur qu'elle affectionnait tant, une de ces odeurs que l'on aime par habitude, qui nous fait nous sentir bien. C'était un dimanche matin, son mari, Jean-Marc, préparait du café. Catherine regarda le réveil. Huit heures trente-sept. Elle se réveillait mais se sentait fatiguée, à peine remise de sa semaine de travail. Catherine était responsable d'un centre de formation. Elle aimait son métier, elle avait mis des années à créer un lien de confiance entre elle, ses formateurs et ses élèves. Aujourd'hui, elle pouvait être fière de son accomplissement car le centre grandissait d'année en année et ses résultats s'amélioraient. Cette femme discrète avait su mener sa barque.

Ce matin-là pourtant, elle sentait une gêne, une gêne entre elle et Jean-Marc. Cela faisait plusieurs jours qu'ils n'avaient pas fait l'amour. Cela ne leur ressemblait pas. S'il restait bien quelque chose de leur couple, c'était certainement le sexe. Et si certains couples n'ont pas ou peu de relations après tant d'années, ce n'était pas son cas. Elle aimait Jean-Marc, elle le désirait toujours autant. Lui aussi. Jean-Marc, l'homme qu'elle avait rencontré vingt ans plus tôt, elle en ce temps-là étudiante, lui chef d'entreprise.

Elle avait craqué pour son charme, son air ténébreux. Quand il l'avait abordée à la bibliothèque municipale, timide, son visage était devenu complètement rouge. Ce trentenaire ni beau ni moche, était pourtant charismatique.

À l'époque, elle aimait les hommes plus vieux, plus rassurants. Elle ne s'intéressait pas aux hommes de son âge, qu'elle considérait trop immatures.

C'est d'ailleurs parce qu'il a fait le premier pas pour l'aborder, qu'elle s'est sentie en confiance rapidement avec lui.

— Bonjour, que lisez-vous ?

— *Millenium*[1], le premier opus… vous connaissez ?

Elle se surprit elle-même d'avoir eu l'audace et le naturel de lui poser une question en retour alors qu'elle ne connaissait rien de lui. Millenium 1 est un roman policier de Steig Larsson, Les hommes qui n'aimaient pas les femmes. Ne supportant pas l'injustice elle-même, elle se rêvait en Lisbeth Salander,

---

1 Stieg Larsson, *Les hommes qui n'aimaient pas les femmes millenium 1*, 2005, 592 pages, éditeur Actes Sud

avoir le courage de se venger de personnes lui ayant fait du mal, être capable de punir cruellement, physiquement ou psychologiquement, les « criminels » de sa vie.

— Bien sûr ! J'adore ces livres, répondit-il, pour moi, c'est Mikaël Blomkvist qui m'inspire, j'aime son éthique, sa persévérance et son sens du devoir !

Blomkvist était l'un des personnages principaux de la saga, elle n'avait su quoi dire. Des milliers de choses lui avaient traversé l'esprit à ce moment précis mais seul un petit ricanement de lycéenne gênée avait réussi à sortir de sa bouche. Mikaël Blomkvist était justement un de ses fantasmes masculins, elle aurait rêvé de rencontrer quelqu'un comme lui et pour les mêmes raisons que lui décrivait ce parfait inconnu…

Elle avait lu et relu ce livre. Elle lisait tout type de livre, mais ces polars la distrayaient et Lisbeth, ce personnage doté d'une intelligence hors du commun et d'un tel sang-froid, la fascinait.

Mais Catherine n'avait aucune once de violence en elle. Depuis sa plus tendre enfance, elle avait été protégée et choyée par ses parents. Son père, cadre dans un grand groupe français les avait fait voyager, elle, sa mère et sa sœur. L'Iran, le Canada, la Martinique, des destinations qui l'avaient fait grandir, des destinations qui lui avaient forgé un caractère, lui avaient appris à prendre du recul et à relativiser sa vie. Des destinations qui l'avaient rapprochée de sa sœur et de sa mère, même si elle restait une fille à papa. Son papa qu'elle avait aimé tendrement et qui était parti trop tôt, peu avant le déclencheur qui changerait à jamais sa vie.

— Voudriez-vous continuer notre conversation autour d'un café ? Ajouta-t-il.

— Avec plaisir, mais je ne pourrai pas rentrer trop tard.

— C'est entendu ! Je tâcherai de vous laisser partir avant les douze coups de minuit, Cendrillon !

C'était le début de leur histoire d'amour.

Leur relation qui semblait être une évidence avait pourtant mal commencé ; Jean-Marc était marié. « Il n'aimait plus sa femme depuis longtemps » mais il était marié. Pendant des mois ils s'étaient vus en cachette. Jamais elle n'aurait pensé un jour se retrouver dans cette situation, elle qui habituellement avait une morale exemplaire ! Mais elle l'aimait… Elle était persuadée qu'il l'aimait aussi, alors elle voulait persévérer. Elle était prête à lui donner cette chance. Elle était patiente, très patiente. Après quelques mois d'amour interdit, il finit par quitter sa femme pour elle, preuve de son engagement authentique et sincère. Enfin, c'est ce qu'elle se disait.

Commença alors sa première véritable histoire d'amour, une histoire digne des films romantiques comme on en voit si souvent au cinéma. Alors que

Catherine terminait ses études, elle s'était installée avec lui. Elle avait sauté le pas parce qu'elle sentait qu'elle pouvait compter sur lui. Il était attentionné, courageux, gérant de sa petite entreprise de travaux publics. Avec lui, elle était rassurée. Elle avait l'impression que dans ses bras, rien ne pouvait lui arriver. Lui était fier de sa compagne, une belle jeune femme intelligente. Tout les prédestinait à être heureux jusqu'à la fin de leurs jours.

Trois ans plus tard, Thomas naissait pour sceller leur bonheur. Un beau bébé, calme et doux. Ce fut ensuite au tour de Loïc de pointer le bout de son nez deux ans après. Un autre petit garçon, plus nerveux, comme si l'on pouvait prédire qu'il deviendrait le futur rebelle de la famille. Enfin, à nouveau quatre ans plus tard, la petite dernière, Léa, vint compléter et combler cette famille idéale.

Idéale sur le papier, oui, mais dans la réalité, la vie de parents n'avait pas toujours été simple, des désaccords sur l'éducation des enfants avaient tendu leurs rapports. Ils avaient fréquemment eu de violentes altercations verbales à ce sujet mais avec le temps, Catherine et Jean-Marc avaient mis de l'eau dans leur vin, et même s'ils n'approuvaient pas tel ou tel comportement, l'important pour eux était que leurs enfants soient élevés dans un milieu sain, où le dialogue est la seule source de résolution des problèmes.

Puis au fil des années se créèrent d'autres différends entre eux, d'ordre plus philosophique cette fois, des disputes qui portaient sur le sens de la vie, sur le sens de leur couple… Pour couronner le tout, l'entreprise de Jean-Marc n'était plus aussi prospère qu'avant. En effet, il se mit d'abord à blâmer les trop nombreuses charges à payer qui nourrissaient son sentiment d'être racketté par l'État, puis au final c'était la faute de la « concurrence étrangère ». L'entreprise se mit à vivoter et il finit par ne plus pouvoir payer les dépenses familiales courantes. Jean-Marc lâchait prise petit à petit, il perdait confiance en lui, n'était plus motivé pour aller travailler. À la maison, il était distant, il était là sans l'être vraiment, il n'était plus que l'ombre de lui-même. L'homme dont elle était tombée amoureuse disparaissait peu à peu…

Entre temps, Catherine s'était essayée à différents postes en passant par des emplois dans le social, puis en tant que commerciale pour des entreprises locales. Elle avait trouvé sa branche en postulant un jour, presque par hasard, pour une chambre de commerce et d'industrie qui recherchait des formateurs en techniques de vente. Bingo, c'était l'opportunité pour elle d'intégrer ce monde de l'éducation tant désiré depuis des années. Tout s'enchaîna à partir de là, des opportunités s'ouvrirent à elle jusqu'à ce poste de responsable d'un centre de formation dans une petite ville près de chez elle. Elle avait en charge des élèves en alternance école-en-treprise, plusieurs spécialités, plusieurs branches. Elle appréciait d'autant plus son poste que grâce à l'alternance, elle gardait une attache avec les entreprises, elle restait au contact des entrepreneurs et managers. Cela lui plaisait, elle aimait la pédagogie, transmettre son savoir aux jeunes générations mais elle aimait aussi la vie d'entreprise qui lui manquait parfois et ce poste lui permettait de concilier les deux. Cet emploi la comblait véritablement et elle se levait les matins avec envie. Elle se sentait un peu comme ces deux souris dans les dessins animés Minus et Cortex[2], si on lui avait posé la question de ce qu'elle allait faire chaque matin, la réponse « conquérir le monde » lui allait à merveille.

Jean-Marc, de son côté, végétait avec sa société, faisait les marchés certains jours de la semaine pour arrondir ses fins de mois et enseignait quelques heures par semaine à des élèves préparant le Certificat d'aptitude professionnelle. Il ne supportait pas la réussite de Catherine et au lieu de se réjouir pour elle, de l'encourager et d'être fier et heureux du travail qu'elle accomplissait, il finit par se refermer, par baisser les bras, jusqu'à blâmer cette société de consommation qui ne lui correspondait finalement pas… Ou plus…

2 *Minus et Cortex (Pinky and the Brain)*, créateur Tom Ruegger.

Pourquoi consommons-nous autant? Ne serait-on pas plus heureux de vivre de façon minimaliste? À quoi cela sert-il de toute façon? Et si on partait vivre à l'aventure comme on l'a toujours voulu?

Autant de questions qu'il se posait constamment. Peut-être que Jean-Marc avait réellement changé d'état d'esprit, qu'il s'était réellement remis en question et que la vie faite de matériel ne l'intéressait plus du tout; ou peut-être avait-il simplement baissé les bras pour son entreprise face à un monde du travail impitoyable? Avait-il ainsi choisi la facilité en devenant défaitiste, en abandonnant le combat de la vie? Difficile à dire pour Catherine, elle avait tenté de comprendre le mal-être de son mari, au plus profond de lui, en vain.

Elle devait pourtant subir cette nouvelle philosophie de vie, mariage et enfants obligent. Car il fallait bien nourrir les enfants, et vivre d'amour et d'eau fraîche ne permet malheureusement pas d'y parvenir. Catherine décida donc de rester forte comme elle l'avait toujours fait, pour préserver son couple, pour protéger ses enfants et parce qu'elle n'avait pas l'habitude d'abandonner.

Le décalage entre Jean-Marc et Catherine était grandissant. Plus les années passaient et plus le fossé se creusait.

Catherine s'enferma dans le travail et dans le théâtre, cette passion qui l'avait changée, elle, la timide première de la classe qui pouvait enfin s'exprimer sur scène et devenir qui elle voulait, sans être jugée. Elle pouvait chanter, crier, jouer les rôles d'hôtesse de l'air, de fille de joie, de femme d'affaires, de clown, rien ne lui était interdit, c'était son échappatoire. Avec sa troupe, ils partaient en représentation un ou deux week-ends par mois.

Elle pensait toujours aimer son mari, elle éprouvait de la tendresse pour lui et tentait autant que possible de faire preuve d'empathie. Se mettre à la place des autres était l'une de ses plus grandes qualités. Ajoutée à sa gentillesse, cela faisait d'elle une femme sur laquelle on pouvait s'appuyer. Et les gens comptaient d'ailleurs peut-être trop sur elle, à toujours vouloir aider, à toujours être l'épaule sur laquelle on pouvait pleurer, elle n'avait jamais vraiment pensé à elle. Parfois, elle avait besoin de réconfort elle aussi. Mais à qui pouvait-elle se confier ? Qui l'écouterait ? Son mari ? Ses amis ? Sa maman ? Sa sœur ? Catherine ne se livrait pas facilement et n'aimait pas importuner les gens avec ses questionnements, ses doutes.

Jean-Marc et elle avaient été pourtant très complices. A une époque, ils parlaient d'absolument tout, ils n'avaient pas de secret l'un pour l'autre. La volonté de son mari de vivre différemment, hors de cette consommation quotidienne, aurait éventuellement pu lui plaire. Mais comment s'affranchir des règles et contraintes de la société quand on est engagé dans des crédits, quand on a des enfants, quand on a enfin trouvé un travail qui nous plaît ? Ces questions auxquelles il était si difficile de répondre… Et est-ce une solution de s'en prendre à la société, n'est-ce pas un aveu de faiblesse ? Un parent n'a-t-il pas le devoir de subvenir aux besoins de ses enfants ? Est-il raisonnable d'engager les enfants et leur stabilité dans cette nouvelle vie ? Tout se passerait bien disait-il. Peut-être… Peut-être pas… Après tout, c'est elle qui réglait la majorité des factures, n'était-ce pas un peu trop facile de dire que tout se passerait bien alors qu'il n'assumait plus rien financièrement ?

Toutes ces questions la taraudaient ; certains soirs en rentrant du travail, ses tourments revenaient et, après un instant passé à relativiser, repartaient aussitôt. Immobile quant à ses choix de vie, elle se disait qu'elle les considérerait davantage quand elle aurait du temps, que ce n'était pas le bon moment pour cela car en y réfléchissant bien, sa vie n'était pas si mal finalement.

Chapitre 2
Le jour où tout bascula

L'automne était une saison que Catherine savourait, elle appréciait les couleurs des arbres, les souvenirs d'enfance qui la gagnaient lorsqu'elle regardait tomber les feuilles. Le froid était arrivé, la nuit tombait maintenant plus tôt et comme souvent les soirs, Catherine allait récupérer le courrier à la boîte aux lettres. Elle traversait l'allée du jardin, croisait Lisou, la caressant tendrement, avant de rentrer. Lisou était leur golden retriever. Cette chienne était dans la famille depuis bientôt 7 ans, elle en était un membre à part entière, on avait toujours l'impression qu'elle souriait comme un humain, constamment de bonne humeur et prête à jouer.

Catherine récupérait le courrier et le tas de prospectus, sa poubelle étant à côté de la boîte aux lettres, elle avait pris l'habitude de le trier dehors, sur place, pour ne rentrer qu'avec le courrier nécessaire ou intéressant. Mais ce soir-là, entre les prospectus et les courriers habituels, une lettre attira son attention. Elle ne ressemblait à aucune lettre officielle, aucune qu'on a l'habitude de voir, non timbrée, elle était toutefois à son attention. Quelque chose lui disait qu'elle devait l'ouvrir avant de rentrer. Elle ne savait pas pourquoi, elle n'aurait su l'expliquer mais c'est le genre de pressentiment qu'on peut avoir en regardant une chose qui de premier abord semble anodine. Au cours de sa vie, malgré son naturel charitable et bienveillant, elle avait souvent fait confiance à son instinct et avait eu raison la plupart du temps. Elle décida donc d'ouvrir le mystérieux courrier. Au bout de quelques secondes, le temps s'arrêta, le vent frais qui lui fouettait le visage disparut, son cœur s'emballa, elle n'était plus capable de dire quel jour ni quelle heure il était. À l'intérieur, une feuille blanche sur laquelle étaient écrites ces quelques lignes à l'ordinateur en Times New Roman – Votre mari vous trompe avec ces femmes – suivies de deux numéros de téléphone ainsi que les noms et prénoms des femmes en question.

À ce moment précis, son cœur se mit à palpiter rapidement, comme dans ces moments de stress intense qu'on peut ressentir lors d'une rupture ou lors d'un échec, elle ne savait pas quoi faire, elle ne savait comment réagir. Elle crut d'abord à une mauvaise blague, un voisin jaloux ? Un fournisseur de son mari en colère ? Un simple détraqué qui s'amusait ? Ou bien, l'hypothèse qui ne la rassurait pas, un mari trompé qui avait découvert que Jean-Marc était l'amant de sa femme ?

Elle reprit peu à peu ses esprits malgré la nouvelle, malgré le froid et elle se dit que trois choix s'imposaient à elle. Parler de cette lettre à Jean-Marc en rentrant et courir le risque d'inquiéter les enfants si une dispute suivait cette découverte, attendre le moment opportun pour en parler à son mari et voir sa réaction ou enfin, investiguer sans en parler à Jean-Marc et infirmer ou confirmer ces allégations avant de le confronter. Elle choisit la deuxième option. Elle ne voulait pas alerter les enfants, et comme elle faisait confiance à son mari, elle ne jugea pas nécessaire d'appeler les numéros sur la lettre pour le moment. Elle préférait voir cela directement avec lui, quand ils seraient tous les deux.

Elle plaça la lettre dans sa parka, dans une poche avec fermeture éclair, accorda quelques caresses à Lisou et rentra, comme si de rien n'était. Ce soir-là, les enfants jouaient comme à leur habitude, Léa embêtait ses grands frères, et Thomas et Loïc s'agaçaient puis s'attendrissaient en regardant finalement leur petite sœur, fragile et enjouée, qui adorait ses deux aînés. Jean-Marc, lui, regardait la télé, rien ne semblait pouvoir le perturber. Un documentaire sur les centrales nucléaires en France, leurs enjeux sécuritaires et financiers. Il adorait ces émissions, la plupart du temps, elles le confortaient dans son idée que le monde était malade et que si rien ne se passait, des choses horribles pourraient arriver. Catherine l'observait discrètement, s'interrogeant sur la véracité des quelques phrases écrites dans cette lettre. Si cela était le cas, elle se demandait comment elle avait pu autant se tromper sur cet homme, son mari depuis plus de vingt ans. Le reste de la soirée s'écoula, les enfants ayant fini de manger, Thomas et Loïc partirent jouer aux jeux vidéo dans la chambre de Loïc tandis que Léa s'occupait avec ses jouets. Ils se couchèrent avec un peu de lecture avant de finalement s'endormir. Jean-Marc et Catherine continuaient la soirée ensemble devant la télé sans un mot, ils n'avaient plus rien à se dire depuis un certain temps… Elle n'avait ni la force ni l'envie d'aborder le sujet ce soir-là.

Le lendemain matin, en retard comme à l'accoutumée, elle avala un café, embrassa ses enfants et prit la route pour le centre de formation. Jean-Marc ayant des horaires plus flexibles, il se chargeait d'amener les enfants à l'école.

Sur le chemin, elle ressassait la lettre. Elle n'avait pas dormi de la nuit et n'avait fait que repenser à ces quelques mots. Dans son esprit, ils apparaissaient sous forme de flash et elle ne parvenait pas à les chasser. Elle ruminait hypothèse sur hypothèse et cela l'épuisait. Il fallait qu'elle en parle à un proche mais surtout pas à un ami qu'ils avaient en commun et qui pourrait faire éclater cette histoire au grand jour. Au centre de formation, elle avait l'habitude de se confier à deux collègues, Arnaud et Romain. Depuis leur voyage scolaire en Pologne l'année précédente, ils s'étaient rapprochés, créant une authentique amitié, ils riaient souvent ensemble de différents sujets et, au fil des mois, ils avaient construit des liens de confiance. Arnaud et Romain étaient deux jeunes formateurs qu'elle avait recrutés trois ans auparavant. Ils étaient sympathiques, dynamiques et étaient appréciés de leurs élèves. Arnaud était la rigueur incarnée, rien ne lui échappait, il prévoyait tout, tout le temps, des semaines à l'avance. Passé par une grande école de commerce, il avait mille idées par seconde et s'intéressait à tous les sujets qu'ils soient économiques, philosophiques, scientifiques, ou même encore théologiques. Il amenait une touche de « haut niveau » au centre de formation. Romain, lui aussi passé par les grandes écoles, ne rentrait pas vraiment dans cette case-là. Formateur fantasque, il était fan de géopolitique et adorait partager son expérience professionnelle de chef d'entreprise. Il ne s'embêtait pas avec les normes et les formalités.

Ces deux compères, si différents l'un de l'autre, si différents d'elle aussi, formaient une bonne équipe. Catherine les appréciait sincèrement, ils la distrayaient et cela lui faisait du bien de rompre avec la monotonie du quotidien.

Aussi introvertie qu'elle fut, Catherine avait du mal à cacher son mal-être. Lorsqu'elle arriva le lundi au centre, c'est Arnaud qu'elle croisa en premier, il comprit de suite qu'elle n'allait pas bien et lui demanda s'il pouvait faire quelque chose pour elle. Elle le remercia et promit de lui en parler plus tard car elle avait d'importantes obligations ce matin-là. La matinée se déroula sans encombre, sans saveur, elle était présente physiquement mais pas mentalement, les mots continuaient à trotter inexorablement dans son esprit.

À midi, elle avait l'habitude de déjeuner avec Romain. Ils se retrouvaient à la cantine du centre et en profitaient pour faire le point sur différents sujets. Mais ce jour-là, Catherine ne l'écoutait pas… elle avait le regard dans le vide, et les réponses qu'elle formulait à Romain étaient incohérentes. Il ne l'avait jamais vu ainsi, elle était toujours très attentive et concentrée quand on lui parlait, surtout lorsqu'il s'agissait des élèves. Il s'inquiéta.

— Et donc, Thibault qui est en MCO, a rencontré un dinosaure dans la rue, il l'a ramené en classe pour nous le présenter, qu'en penses-tu ?

— Oui, je suis d'accord…

Il l'observa quelques secondes sans parler, il marqua un temps d'arrêt puis l'interpella d'un ton assez prononcé comme pour la réveiller.

— Enfin Catherine qu'est-ce qui t'arrive? Tu n'as absolument rien écouté de ce que je te raconte depuis dix minutes!

— Mais si, bien sûr!

— Ah bon? Alors qu'est-ce qu'on fait du dinosaure de Thibault?

Elle le fixa, les yeux humides. Romain lut le désespoir dans son regard. Il s'en inquiéta.

— Catherine…

— J'ai quelque chose à te dire, je suis complètement perdue… Et elle fondit en larmes.

Elle lui expliqua la situation. Romain avait déjà connaissance de quelques éléments de son histoire, notamment les doutes concernant son couple et les différences qui l'opposaient à son mari. Il lui avait d'ailleurs déjà demandé il y a quelques mois si elle avait un jour envisagé de quitter son mari. Romain ne jugeait pas son couple puisque jeune papa, il avait déjà bien assez à faire dans sa vie personnelle. Mais il écoutait et parfois conseillait. Catherine appréciait sa présence car il la comprenait. Lui aussi avait voyagé, il avait vécu plusieurs années à l'étranger et lui apportait souvent un autre point de vue. Ses différentes relations amoureuses l'avaient endurci mais lui avaient fait prendre du recul et c'est ainsi qu'il arrivait à la rassurer, elle qui n'avait connu qu'un seul homme et pour qui le célibat paraissait effrayant.

— En ce qui concerne le courrier, tu en penses quoi ? Je veux dire, quelle est ton intuition ? demanda-t-il.

— Je n'en sais rien, en réalité je t'avoue que je n'ai pas les idées claires depuis que je l'ai lu…

Devait-elle appeler les numéros mentionnés sur la lettre ? De toute façon, si ces femmes étaient au courant de la double vie de son mari, aucune n'avouerait. Mais si elles n'étaient pas au courant ? S'il leur avait également menti ? Était-il possible que son mari la trompe après tout ce qu'elle avait fait pour sa famille ? La lettre était-elle l'œuvre d'un déséquilibré voulant détruire leur couple ? En fait, était-ce réellement important de savoir, ne pourrait-elle pas se servir de cette opportunité pour mettre fin à une relation qui de toute façon ne pouvait plus durer ? Trop de choses les séparaient. Elle était encore jeune, elle avait le droit d'être heureuse, elle avait le droit de ne pas être résignée.

— Je pense que je vais lui parler ce soir, je ne peux pas rester ainsi, ça me ronge de l'intérieur.

— Oui, et ça te permettra d'avoir des réponses, tu verras comment il réagit, s'il pète un câble, c'est qu'il se sent piégé.

— Il s'emporte toujours, peu importe le sujet…

— D'accord, fais attention à toi alors.

Elle le confronterait le soir même pour cesser de cogiter et de se torturer, c'était bien la meilleure façon d'avoir de nouveaux éléments pour y voir plus clair et pour être capable de prendre une décision.

Chapitre 3
Volte-face

Catherine avait pensé à tant de façons d'aborder le sujet, elle avait imaginé tous les scénarios, elle en avait mal au ventre, elle ne savait plus si finalement elle voulait connaître la vérité. Étant prévoyante et curieuse, elle tapa le nom de son mari sur internet pour voir ce qui apparaissait, si elle n'allait pas découvrir d'autres choses. Malheureusement, tout ce qu'elle redoutait s'affichait devant elle, son mari était inscrit sur un site de rencontres gratuit où l'on pouvait consulter les profils en ligne. Il s'était enregistré sous son vrai nom! Soit il était complètement idiot, soit il la sous-estimait tellement qu'il ne soupçonnait pas qu'elle le découvrirait un jour, voire pire, qu'il ne craignait pas les conséquences d'être démasqué tant il pensait pouvoir agir en toute impunité. Dans tous les cas, cela lui paraissait invraisemblable, cela en était trop, elle lui parlerait le soir même.

Les enfants couchés, elle se décida à aborder le sujet. Elle était nerveuse, en colère, déçue, tout un nuage de sentiments la submergeait. Elle se reprit et décida de lui laisser une chance de s'expliquer, il devait y avoir une raison qui lui échappait.

— Jean-Marc, j'aimerais te parler de quelque chose.

— Oui ? Dit-il les yeux toujours fixés sur son portable et l'écoutant à moitié.

— J'ai trouvé ceci dans notre boîte aux lettres...

Elle lui tendit la lettre, il ne paraissait pas vraiment se soucier de ce qu'elle lui montrait mais il lut tranquillement les quelques mots et marqua un temps de pause. Elle l'observait dans un premier temps, il ne laissait rien transparaître puis il prit la parole.

— Je ne sais pas quoi te dire, ce sont des conneries.

— C'est ce que je pensais aussi mais je voulais tout de même t'en parler.

— Et pourquoi ?

— J'en avais besoin, ça m'a fait beaucoup réfléchir...

— Réfléchir à quoi ? Dit-il en l'interrompant, Merde Catherine ! Ce n'est qu'un tissu de mensonges, pourquoi me fais-tu perdre mon temps avec ça ?

— C'est juste que...

— C'est juste des foutaises.

Il s'emportait, la période de calme avait été de courte durée. Il continuait. Il paraissait finalement plus curieux de cette lettre qu'il ne voulait l'avouer.

— Mais c'est qui ce mec! Qu'est-ce qu'il veut?

S'ensuivit un monologue sur ses motifs, il continuait de plus belle, elle ne pouvait plus s'exprimer.

— Pourquoi est-ce que je te ferais ça? Pourquoi est-ce que je prendrais ces risques alors que je t'aime? Merde Catherine, tu vois bien que j'ai toujours envie de toi!

Elle ne pouvait pas dire le contraire. Il y avait de l'attirance physique c'est certain, mais l'amour était inexistant. Entre eux, ce n'était plus que des habitudes persistantes. Des parents, voilà tout ce qu'ils étaient. Mais un couple qui s'aime? Elle n'en était plus sûre du tout.

Il s'était levé de sa chaise, faisant les cent pas.

— Et puis oh, j'ai quoi à gagner moi? Rien!

Voulant battre le fer pendant qu'il était encore chaud, elle continua.

— Je suis allée sur Internet…

Elle reprit le dessus, mais bégayant tout de même en craignant les mots qu'elle allait prononcer, ne sachant plus si elle voulait toujours obtenir une réponse à ses questions.

— Tu es inscrit sur un site de rencontres et avec ton vrai nom! Tu m'expliques?

Irrité, il reprit avec un aplomb déconcertant, haussant le ton, s'exprimant avec de grands gestes brusques. Jean-Marc n'avait jamais été violent physiquement avec elle mais c'était un personnage sanguin, ce qui le rendait imprévisible. Elle ne l'avait jamais confronté à une possible infidélité et sa réaction commençait à l'effrayer.

— Écoute, j'ai appris récemment que mes élèves m'ont inscrit à mon insu suite à de mauvaises blagues en classe.

— Ah bon! Quelles blagues? Elle était déstabilisée, elle pensait le pousser dans ses retranchements, qu'il baisse un peu sa garde, au contraire, elle avait l'impression de se retrouver face à un boxeur habile, difficile à atteindre, qui savait esquiver.

— Des blagues sur… Et puis merde, je n'ai pas à te le dire, après tout, si tu ne me crois pas, je ne peux pas t'y obliger! Je te dis que je t'aime et que je ne ferais jamais ça, point. Si tu veux jeter vingt ans de mariage à la poubelle à cause d'une lettre d'un inconnu, c'est ton problème, moi je vais me coucher.

Il monta dans leur chambre vociférant. Elle s'attendait à une telle réaction de sa part mais pour autant, elle n'était pas plus avancée. Au regard du contexte, elle se dit que sa réaction et son emportement étaient normaux. Elle était frustrée et n'était pas convaincue mais elle avait envie de le croire. La réalité est parfois plus difficile à admettre que la fiction que l'on se fait de sa propre vie.

La tension palpable des jours suivants avait laissé place à un climat de méfiance entre eux. Rien d'étonnant dans ce genre de situation. Catherine décida de se laisser un peu de répit, le temps de digérer cette épreuve.

La fin de semaine arriva, elle prit la décision d'en parler à Stéphanie. Stéphanie était son amie depuis plus de vingt ans, elle était une confidente et connaissait sa situation, les bons moments comme les moins bons. Elle l'avait toujours soutenue. Stéphanie avait de son côté, elle aussi, eu des relations mais jamais rien de sérieux, elle n'avait jamais eu d'enfants. Elle n'avait jamais trouvé la bonne personne.

Elles se retrouvèrent dans un café. Stéphanie l'attendait, assise à une table, elle était souriante comme d'habitude. Catherine lui raconta ce qu'elle avait découvert ainsi que tous les détails de ce qui lui arrivait depuis ces dernières semaines. Stéphanie l'écoutait puis lui demanda :

— Que comptes-tu faire ? Tu veux le quitter ? Je dois t'avouer que je ne suis pas vraiment surprise, son approche des femmes m'a toujours dérangée.

— J'y pense oui, je pense qu'on a atteint un point de non-retour… Je ne sais pas…

Il se trouve que Stéphanie n'avait jamais réellement aimé Jean-Marc, mais surtout, elle avait toujours aimé Catherine… Voyant une opportunité dans cette histoire, elle commença :

— Catherine, je peux te parler moi aussi ?

— Oui, bien sûr, je t'écoute.

— Tu sais… (elle inspira profondément) Toutes ces années à tes côtés m'ont ouvert les yeux.

— Ah bon ? Sur quoi ?

— Sur qui je suis réellement et ce que je ressens.

— Je ne comprends pas !? Dit-elle troublée et interloquée à la fois.

— Je… Je t'ai toujours aimée…

— Pardon ?

— Peut-être que ce qui t'arrive est un signe, j'aimerais savoir si toi aussi tu as des sentiments pour moi.

Ce fut le choc pour Catherine, elle ne s'attendait pas à cela, vraiment pas. Elle ne l'avait jamais envisagé et sa relation avec Stéphanie était purement amicale, elle n'avait jamais eu le moindre sentiment amoureux pour son amie.

Stéphanie et elle avaient toujours été proches, Stéphanie était câline et tactile avec elle, c'est vrai, mais rien qui sous-entendait plus que des sentiments amicaux. De la tendresse tout au plus.

— Écoute Steph, je… Je ne sais pas quoi dire, je m'ouvre à toi sur mon histoire avec Jean-Marc, je suis complètement perdue, j'avais besoin de ton aide, de ton soutien amical et toi, tu choisis ce moment pour me parler de sentiments amoureux que tu penses avoir pour moi ?

Elle réalisa qu'elle haussait le ton avec un certain mépris qui ne lui ressemblait pas, mais ne pouvait plus s'arrêter. L'accumulation de ces récents événements la mettait en colère.

— Mais comment as-tu pu croire ça ? Je suis désolée que tu aies pu ressentir de telles choses pour moi, désolée si je t'ai laissé penser que j'avais des sentiments amoureux pour toi ! J'ai de l'affection pour toi, oui, de la tendresse, mais je suis désolée, je ne t'aime pas ! Et franchement, tu m'en vois navrée mais j'ai d'autres préoccupations actuellement !

Elle était complètement désorientée et abasourdie, elle préféra abréger la conversation et partit rapidement en laissant un billet de vingt euros pour régler les boissons.

— Excuse-moi, je dois y aller, ajouta-t-elle sèchement.

— Tu es sûre ? Non ! Reste s'il te plaît ! Ce n'est pas ce que je voulais dire...

— On s'appelle plus tard.

Elle savait que partir ainsi briserait quelque chose entre elles, elle savait qu'il avait fallu beaucoup de courage à Stéphanie pour lui avouer ses sentiments après tant d'années. Elle savait tout cela et elle aurait aimé prendre le temps de s'expliquer, de discuter avec son amie afin qu'il n'y ait plus de malentendus entre elles. Mais cette annonce l'avait fortement ébranlée. Elle prit la voiture, rentra machinalement chez elle en repassant encore et encore le film dans sa tête. Catherine se sentait trahie, trahie une fois de plus.

Elle arriva devant le portail de sa maison et se gara, restant immobile de longues minutes, ses mains agrippées sur le volant, les yeux dans le vide. Après un long moment elle entra, la maison était déserte, Jean-Marc avait emmené les enfants à leurs activités sportives. Tant mieux, elle n'avait pas envie de parler. Elle monta dans sa chambre, se jeta habillée sur le lit, se blottit sous la couette et se mit à pleurer. Elle pleura toutes les larmes de son corps, elle en avait besoin. Elle finit par s'endormir, épuisée par les événements.

Jean-Marc la réveilla en éclairant la pièce par inadvertance. Il avait vu la voiture devant la maison mais ne savait pas où Catherine se trouvait. Il l'avait cherchée partout dans cette grande maison familiale.

Catherine avait acheté une belle et ancienne maison sur les hauteurs de la ville qui comprenait un appartement vacant au-dessus de leur logement et une dépendance. Sa maman, Françoise, occupait la dépendance de la maison. Catherine pouvait ainsi s'occuper d'elle au quotidien, la rassurer, et l'aider à accepter la mort de son mari, espérant qu'elle apprenne à vivre sans lui. Ce n'était pas évident tous les jours, surtout en ce moment car Catherine avait besoin de soutien mais sa maman était incapable de lui apporter compassion et écoute. Françoise lui apportait en réalité plus de stress qu'autre chose. Depuis la mort de son mari elle était perdue, elle ne s'était jamais occupée des papiers du ménage ayant laissé à son mari le soin de s'en charger. Catherine, remplie d'empathie pour sa maman, avait décidé de s'occuper de la partie administrative mais Françoise s'en était entièrement remise à sa fille, sans volonté d'apprendre, ni de la décharger des formalités qui se faisaient de plus en plus lourdes. Catherine était fatiguée, elle traversait une période douloureuse, et donc était moins patiente. Elle avait à plusieurs reprises été dure avec sa maman, lui demandant sèchement de se prendre en charge. Il fallait qu'elle apprenne à se débrouiller seule, après tout, ce n'était pas elle la mère, il ne fallait pas inverser les rôles.

Il était dix-huit heures quinze, lorsqu'elle se réveilla. Les yeux gonflés, Jean-Marc lui demanda ce qu'il se passait. Elle ne voulut pas répondre, elle lui dit simplement qu'elle avait besoin d'être un peu seule et lui demanda s'il pouvait s'occuper des petits, car elle ne voulait pas qu'ils la voient dans cet état et préférait passer la soirée dans sa chambre. Jean-Marc fit un signe positif de la tête et referma la porte. Elle se rendormit aussitôt jusqu'au lendemain matin.

Les jours passaient et toutes ces histoires l'avaient affectée, elle ne voyait aucune amélioration avec son mari qui avait décidé d'ignorer le sujet et se demandait si elle verrait un jour le bout du tunnel. Elle ressentait toujours de la tendresse pour lui mais elle ne savait plus vraiment si c'était de l'amour, elle avait trop souffert de leurs différences ces dernières années et elle s'était éloignée sans retour possible. Elle se demandait si le dernier événement n'avait finalement pas eu raison de leur couple et s'il n'avait pas gommé le peu d'amour qu'il leur restait. Alors que devait-elle faire ? Prendre ses responsabilités et quitter son mari ? Que diraient les enfants ? Elle n'osait pas se l'avouer, mais si elle avait des preuves de l'infidélité de Jean-Marc, cela lui faciliterait la prise de décision, elle pourrait le quitter sans passer pour une femme perdue, irrationnelle faisant une crise existentielle ou comme certains l'appellent, la crise de la quarantaine.

Une semaine plus tard alors que les enfants étaient couchés et qu'elle était sur le canapé, Jean-Marc s'assit à côté d'elle, il souhaitait lui parler. Elle pensa qu'il voulait briser la glace, l'atmosphère étant devenue irrespirable à la maison. Ils avaient connu des périodes de tensions, comme il y en a dans tous les couples, mais il est vrai que ces dernières semaines avaient été particulièrement éprouvantes. Jean-Marc lui prit la main, d'une voix calme, claire et déterminée.

— Écoute Catherine ma chérie, je vois bien que notre couple n'est plus le même depuis quelque temps.

Elle ne savait pas à quoi s'attendre, elle le laissa parler, le regardant attentivement dans les yeux.

— Je pense qu'on ne peut plus continuer comme ça, j'étouffe, cette ambiance à la maison est insupportable. Je... J'ai envie de prendre un peu de recul, je pense qu'on a besoin de se séparer un moment pour faire le point chacun de notre côté.

— Je ne comprends pas, tu m'annonces que tu me quittes? bredouilla-t-elle.

— Oui, je pars ce soir, j'ai déjà préparé mes affaires.

Après le stress incessant de ces dernières semaines, cette nouvelle arrivait comme un coup de massue. Catherine ne comprit pas tout de suite ces mots et lorsqu'elle en mesura la portée, elle resta immobile quelques secondes, peut-être quelques minutes. La notion du temps n'existe plus dans ces moments-là.

Il continua.

— Ma décision est mûrement réfléchie, je ne me sens pas bien ici, dans cette vie, dans notre couple, dans ce putain d'environnement. Je tourne en rond, j'ai besoin de changer d'air.

Il fit une pause puis reprit.

— Je suis vraiment désolé pour le mal que je te fais, s'il te plaît prends soin des enfants, je sais qu'ils peuvent compter sur toi, dis-leur que je pars en voyage professionnel, je leur apprendrai la nouvelle la semaine prochaine, je vais réfléchir à la façon de leur annoncer.

Il lâcha sa main et se leva pour aller chercher ses affaires.

Besoin de changer de vie? Elle savait qu'il n'était pas bien, elle n'aurait jamais soupçonné qu'il prenne cette décision. Elle pensait presque égoïstement et naïvement que cette décision, si elle devait être prise, lui appartenait, à elle seulement. Elle était encore plus blessée de se dire qu'il avait eu le courage d'accomplir ce qu'elle n'avait pas pu faire. Elle était choquée, désemparée.

— Tu pars pour quelqu'un d'autre ? Tu m'as trompée ? balbutia-t-elle en écarquillant les yeux humides.

Il se retourna lentement et la fixa quelques secondes.

— Non, ce choix est personnel, il n'y a personne d'autre. Je vais dormir chez un pote quelques jours avant de trouver un endroit où vivre. Tu as le droit de ne pas me croire mais je ne t'aurais jamais fait ça. Je n'aurais jamais pu trahir la mère de mes enfants. Mais cette histoire est allée trop loin, j'en ai marre.

Il monta chercher ses affaires dans leur chambre.

Alors qu'elle peinait à se remettre de ce soudain retournement de situation, Jean-Marc, après avoir pris quelques minutes à l'étage pour ne rien oublier, s'empara donc de sa valise, s'approcha d'elle et la serra fort dans ses bras de longues minutes puis lui baisant le front, il franchit le pas de la porte sans se retourner.

Silence absolu.

Les choses s'étaient passées si vite que Catherine en restait bouche bée. Tel un combat de boxe où un combattant lui aurait décroché un uppercut imparable, Catherine était sonnée. Elle se leva, titubant, se versa un verre d'eau, maintenant une main sur le comptoir de la cuisine et avala le contenu de son verre. Elle ne pleurait pas, en réalité, elle ne savait pas ce qu'elle ressentait à cet instant présent. De la douleur, de la trahison, du soulagement, de l'incompréhension… Un nuage d'émotions l'envahit, toutes plus contradictoires les unes que les autres. Elle décida de faire le point le lendemain sur ses sentiments, mais d'ici là, elle avait besoin de dormir, il paraît que la nuit porte conseil, pensa-t-elle. Elle monta les escaliers qui menaient à la chambre, se changea et se mit au lit, sans un bruit, sans parler, sans même réfléchir. Dans sa tête résonnaient les paroles de La nuit n'en finit plus de Petula Clark. Elle n'avait plus entendu cette chanson depuis de très nombreuses années mais elle représentait ce qu'elle ressentait actuellement. La solitude, le chagrin, l'amour déçu. Elle s'allongea et avant même qu'elle ne s'en rende compte elle était partie loin dans les bras de Morphée.

Chapitre 4
La vie d'après

Catherine était une femme forte, elle le prouvait une fois de plus. Les semaines passées n'avaient pas été faciles mais elle s'en sortait. Elle prenait un nouveau rythme. Comme prévu, Jean-Marc avait annoncé la nouvelle aux enfants. Des pleurs et de l'incompréhension s'ensuivirent pendant plusieurs jours mais au bout du compte, un retour au quotidien plus rapide qu'espéré confirmait que le pilier du couple et de cette famille était bien Catherine. Les semaines passaient et Jean-Marc ne s'était pas manifesté. Il n'avait toujours pas appelé ses enfants. Les deux garçons s'étaient braqués ou s'étaient plutôt résignés. Thomas était dans ses études, il ne voulait pas être déstabilisé et ne voulait pas gâcher le travail de plusieurs années pour arriver à intégrer les écoles de ses rêves. Même si cette annonce avait été éprouvante pour lui, il se sentait assez fort pour mettre ses émotions de côté le temps de passer le baccalauréat. Loïc, quant à lui, avait toujours eu une relation conflictuelle avec son père, ils ne s'étaient jamais compris. L'éducation par la rigueur et la privation avait plutôt bien fonctionné avec Thomas car il avait un caractère conciliant. Pour Loïc en revanche, plus rebelle, cela n'avait réussi qu'à les éloigner et qu'à exacerber leurs désaccords. Il était resté stoïque à l'annonce de son père. Il était plus proche de sa mère et cette déclaration ne semblait pas le toucher plus que cela… Mieux, depuis le départ de son père il s'était calmé, adouci, se rapprochant davantage de sa mère. C'est pour Léa, la benjamine, que ce fut le plus difficile car elle ne comprenait pas. Elle avait tant de copines à l'école dont les parents étaient séparés. Elle était si contente et rassurée de ne pas être dans ce cas. Elle rentrait à présent dans le cercle très large des enfants de parents séparés. Alors certains soirs elle demandait l'autorisation à sa maman d'appeler son père. Il répondait toujours au téléphone mais jamais il ne l'appelait de lui-même. Jamais il ne prenait des nouvelles de ses enfants.

Catherine en venait à se demander qui était son mari ? Comment pouvait-on tirer un trait aussi facilement sur sa vie ? Qui était capable d'effacer vingt ans de vie commune de la sorte ? Qui avait-elle épousé ? Le comportement de Jean-Marc la laissait sans voix.

Restée discrète jusque là, elle décida un jour de se confier à Romain. Il était stupéfait. Lui-même, simple spectateur n'aurait pas parié sur cette issue-là. Catherine avait besoin d'un avis masculin pour essayer de comprendre. Peut-être pouvait-il la guider ?

— Je suis vraiment désolé pour toi Catherine, commenta-t-il, ça me fait de la peine d'autant plus que tu t'es battue pour pouvoir préserver ton couple. Une séparation n'est jamais facile.

Il la prit dans ses bras une poignée de secondes pour marquer son empathie et partager sa douleur. Puis ils continuèrent leur conversation.

— C'est allé tellement vite, je ne sais pas quoi faire.

— C'est clair, l'étau s'est resserré sur ton mari et comme il est fier et qu'il ne veut pas perdre la face, il préfère partir avant que tous ces scandales ne lui éclatent à la figure.

— Il a pourtant promis qu'il ne partait pour personne d'autre !

Romain marqua une pause pour réfléchir et bien choisir ses mots car il ne voulait pas la blesser. Il connaissait la psychologie d'un compagnon volage l'ayant lui-même vécu. Puis d'un air plein de compassion et de bienveillance, il rétorqua :

— Tu sais, tu ne sauras jamais vraiment ce qu'il s'est passé, ton mari niera jusqu'au bout. Crois-moi, c'est la réalité. Des rumeurs vont probablement circuler car les langues ont tendance à se délier lorsqu'un couple se sépare. Je ne sais pas… C'est peut-être mieux ainsi…

— Oui, peut-être, acquiesça-t-elle, songeuse.

Malheureusement, on a tendance, à tort, à en vouloir à ceux qui savaient mais qui n'ont rien dit. Pourtant, on ne peut pas leur en vouloir de rester en dehors des affaires des autres au risque de perdre des amitiés. Mais plutôt que de dresser un tableau triste à Catherine, il préféra se focaliser sur les points positifs.

— Bon, et depuis le départ de ton mari, as-tu rencontré d'autres personnes ? Est-ce que tu as enfin pris du temps pour toi ?

Elle rougit.

— Oui… Enfin non… Je t'explique. Je n'étais pas trop emballée, mais ma sœur m'a inscrite sur un site de rencontres. Je n'y croyais pas mais j'ai quand même voulu jouer le jeu, après tout, je n'avais rien à perdre.

— Oui, et ? Dit-il impatient.

— Calme ta joie ! Répondit-elle en riant, j'ai bien vu quelques personnes mais je me suis déjà désinscrite, ça ne me plaît pas, il n'y a rien de naturel et les mecs ne sont pas sérieux.

Romain la laissait parler, il avait connu les sites de rencontres et s'était fait sa propre idée.

— Écoute Catherine, ta sœur est géniale, elle t'a rendu un grand service mais pour que ça fonctionne, il faut que tu aies la bonne approche. Dit-il enjoué.

— C'est-à-dire ?

— Avant tout, avant de chercher à te remettre en couple, il faut que tu te reconstruises et que tu prennes confiance en toi.

Il prit un ton plus sérieux.

— Catherine, sérieusement, aucun homme ne voudrait fréquenter une femme encore mariée même séparée et de surcroît, qui élève trois enfants !

Elle fut surprise par cette franchise mais elle savait aussi que c'était l'un des défauts de Romain. Il manquait de tact et ne se rendait pas compte que cela pouvait blesser.

— Tu affirmes donc que je ne pourrai jamais retrouver quelqu'un uniquement parce que je suis séparée avec trois enfants ?

— Je pense qu'il ne faut pas que tu te présentes ainsi, ça va les faire fuir, même si c'est la vérité. Je ne dis pas que tu ne retrouveras personne, je me suis mal exprimé… Je veux dire qu'il faut que tu mettes en avant tes qualités, ton humour, ta sincérité, ta fidélité, ou je ne sais quoi mais s'il te plaît, quand tu commences à discuter avec la personne, tu ne dois pas parler de tes gosses tout de suite ni de ton ex-mari !

— Présenté comme ça il est vrai que…

Il n'avait pas tort. De plus, après tant d'années de relation fidèle, elle n'avait connu qu'un seul homme, elle ne se sentait à l'aise qu'avec lui et était effrayée à l'idée d'en rencontrer un autre. C'est l'une des difficultés des personnes, hommes ou femmes, qui se retrouvent seuls après tant d'années en couple ; être bien dans sa tête et dans son corps pour plaire à nouveau.

Il reprit :

— Si ta reconstruction doit passer par des aventures d'un soir, alors autant profiter de l'occasion. C'est l'opportunité pour toi de rencontrer de nouvelles personnes, d'avoir de nouveaux sentiments, de te sentir vivre à nouveau et pourquoi pas, de tester de nouveaux partenaires.

— Et s'ils ne me plaisent pas finalement ?

— Et s'ils ne te plaisent pas, boum, c'est la magie du net, tu peux couper court et poliment leur dire d'aller butiner ailleurs. Alors, elle n'est pas belle la technologie ? De toute façon, même si tu cherches à t'engager, tu vas rencontrer des tocards, oui c'est certain, mais au final, c'est pareil dans les bars ou les bibliothèques si tu regardes bien. Supposons que tes amis te présentent une personne, qui te dit que tu vas rester plusieurs années avec elle, ou qui te dit que cette personne n'est pas un psychopathe ? Dis-toi juste que sur le net les approches sont facilitées. Rien de plus.

Elle savait qu'elle devait faire tomber cette barrière de la honte, cette pudeur pesante qui la rongeait depuis sa séparation.

— Le deuxième point, continua-t-il, c'est qu'il faut

que tu casses tes idées reçues. Il n'y a pas que des pervers sur ces sites. Déjà, tous les actifs d'un certain âge, seuls, ne se retrouvent pas forcément dans les bars pour rencontrer des gens. À quarante ans, on ne sort pas avec ses amis de la même façon qu'à vingt ans car il y a des enfants et des contraintes familiales.

— Ce n'est pas faux.

— Prends ton exemple, avec un travail très prenant, des enfants adolescents qui te sollicitent constamment sans parler de Léa qui a encore énormément besoin de ta présence, franchement, les seuls moments libres que tu as, c'est le soir, quand tout le monde dort et que tu te retrouves toute seule dans ton salon.

— En semaine, oui c'est à peu près ça.

— Eh bien c'est exactement à ce moment qu'un site te permettant de parler à de nouvelles personnes prend tout son sens. C'est l'occasion de rencontrer des gens qui aimeraient parler de choses et d'autres mais qui sont autant occupés que toi.

Il n'avait pas tort.

— Tu sais, poursuivit-il, je passe beaucoup de temps au travail, et pourtant j'ai connu ma femme sur un site de rencontres.

Maintenant qu'elle y pensait, Arnaud aussi qui vivait à la campagne et travaillait beaucoup également avait rencontré sa compagne sur un site identique. Cela ne devait pas être si mal finalement.

— Dis-toi bien qu'il y a d'autres personnes comme toi, de belles personnes qui pourraient te correspondre. À toi de trier !

Son discours la remotiva, elle lui promit de réactiver le compte dès que possible.

— Bon, puisqu'on se dit tout, je dois t'avouer que j'ai aussi rencontré quelqu'un ailleurs que sur le site.

Elle semblait faussement vouloir garder cette histoire pour elle mais elle avait ce sourire aux lèvres qui en disait long. Impossible, Romain connaissait Catherine et savait qu'elle n'était jamais avare de détails, il voulait en savoir plus. Elle ne cachait pas grand-chose à ses compères, elle leur faisait confiance et plus que ça, elle avait besoin de se confier.

— Très bien, commença-t-elle après quelques insistances de Romain.

Elle raconta son histoire, elle avait rencontré ce jeune homme, Fabrice, trente-quatre ans, lors d'un entretien avec un élève dans une des entreprises partenaires de l'école. Oui, elle avait honte de l'avouer, c'était le tuteur d'un étudiant du centre de formation. Il lui avait fait des avances pendant plusieurs semaines. Au début, vivant encore avec son mari, elle les avait repoussées clairement. Puis, depuis la séparation, le petit jeu de charme s'intensifiant, elle s'était laissé aller et était rentrée dans la plaisanterie. Fabrice ne faisait pas d'avances lourdes, c'était assez subtil et ils avaient entretenu un jeu de séduction qui lui avait plu. Elle le trouvait plaisant et drôle. Après plusieurs jours passés à se séduire mutuellement par téléphone, elle avait décidé de le voir autour d'un verre, hors contexte professionnel. Il était gentil et attentionné. Pas son genre physiquement mais il était de bonne compagnie. Elle riait de tout et de rien avec lui. Ils étaient bien différents mais elle ne se posait pas de questions, elle voulait simplement passer du bon temps et il était la bonne personne. Au fil des jours, ils continuaient leurs discussions et Catherine finit même par s'attacher à ce jeune homme. Au début de leur idylle, il lui avoua pourtant qu'il avait encore beaucoup de mal à se remettre de sa relation précédente, sa séparation avait été longue et douloureuse. Il lui pria de ne pas trop lui en tenir rigueur, il irait mieux avec le temps. Elle n'était pas rassurée par ses propos car elle sortait d'une situation compliquée elle aussi et elle ne pouvait, ni ne voulait assumer une nouvelle situation impliquant l'ex-femme dont le mari était peut-être toujours éperdument amoureux. Malgré cela, elle appréciait particulièrement sa présence. Un jour où elle devait aller dans l'entreprise de Fabrice pour le suivi d'un élève, ils décidèrent de déjeuner ensemble avant l'entretien. Fabrice la conduisit dans une petite auberge locale, très sympathique, un plat du jour à quinze euros par personne, tout compris, entrée, plat, dessert. C'était un déjeuner à la bonne franquette. Fabrice commanda une petite bouteille de vin, un Saint-Nicolas-de-Bour-gueil, valeur sûre pour un déjeuner de ce type. Un vin rouge des Pays de la Loire, léger tout en saveurs, parfait pour avoir l'air d'un connaisseur. Catherine appréciait les bons vins mais rien de plus car elle ne buvait pas d'alcools forts. Elle n'aimait pas cela, de plus, deux verres pouvaient suffire à la rendre eupho-rique. S'il y a bien une chose qu'elle avait en horreur, c'était perdre le contrôle, perdre ses moyens.

À une période de sa vie, ses parents avaient géré un bar en France et ce bar était le repère d'un club de rugby local. Elle avait vu de tout et surtout n'im-porte quoi. Des fesses de joueurs, des glissades nus sur un sol imbibé d'alcool, certains même avaient uriné sur le bar tellement ils étaient saouls. Ces ex-périences, même si elle en riait aujourd'hui, l'avaient vaccinée. Elle s'était promis de ne jamais être dans cet état-là. Et elle avait toujours respecté sa promesse.

Fabrice lui servit un verre de vin tout en s'intéres-sant à elle, lui demandant comment les choses se déroulaient au travail, comment elle arrivait à di-riger autant de jeunes alors que lui, avait déjà du mal à s'occuper de cinq personnes. Il la flattait, elle profitait de ce moment. Le repas passait et les verres de vin aussi, l'ambiance devenait de plus en plus chaude, intense, avec des pulsions naissantes presque irrésistibles. Fabrice osa et lui demanda si elle voulait bien venir chez lui après le repas, il habitait à deux pas de l'auberge. Sans réfléchir et parce qu'à ce moment-là, elle se sentait bien, elle acquiesça. Elle savait ce qui allait se passer. Elle n'avait pas rencontré d'autres hommes depuis son mari mais après tout, il fallait bien qu'elle s'y risque un jour et le moment lui parut opportun. Ils finirent de manger, Fabrice régla la note et, quatre minutes plus tard, ils se retrouvèrent chez lui.

En montant les escaliers qui menaient à l'appartement, la pression commençait à monter. Puis, l'adrénaline grimpa en flèche quand, à peine leurs vestes enlevées, presque sur le pas de la porte, il la saisit doucement par le cou pour l'embrasser langoureusement. Lentement, il lui retira sa veste et ouvrit les premiers boutons de son chemisier. Elle joignit ses mains, comme pour lui faire marquer un temps d'arrêt, comme par hésitation. Elle n'était plus très certaine de ce qu'elle voulait finalement. Il connaissait son histoire, il ne la brusqua pas, il avait terriblement envie d'elle mais ne voulut pas la précipiter. Puis, après quelques paroles rassurantes, elle décida de se laisser aller. Elle le suivit dans sa chambre, ils se déshabillèrent. Elle lui demanda de fermer les volets car elle n'était pas encore suffisamment à l'aise pour être vue nue par un nouvel homme. Il s'exécuta. Ses mains moites caressèrent ce corps, ce nouveau corps qu'elle découvrait, plutôt plaisant d'ailleurs. Elle effleura son torse, son dos, elle hésitait à descendre ses mains plus bas. C'est Fabrice qui les lui prit pour les poser sur ses fesses. Elle était émoustillée, se rapprocha tout contre son corps, sentit son excitation. La peur s'était enfuie, il était tendre, elle s'abandonna à lui.

Sur le lit, elle se laissait aller au rythme des balancements du bassin de Fabrice, en temps normal, elle était plutôt active, elle aimait dominer, mais pas aujourd'hui, pas cette fois. Il menait la danse. Un quart d'heure plus tard, peut-être une vingtaine de minutes, leurs ébats terminés, bien qu'elle n'eût pas joui, elle se sentait femme à nouveau et c'était le plus important. Elle avait réussi le plus difficile à ses yeux, avoir une relation sexuelle avec un autre homme que son mari. Ils retournèrent au bureau, l'élève les attendait, quelque peu interloqué de leur retard et surtout, de les voir arriver dans la même voiture. Il n'était pas dupe mais il n'en fit pas toute une histoire, il préférait garder cette anecdote croustillante pour ses camarades de classe…

Catherine termina les quelques formalités administratives avec Fabrice et prit la poudre d'escampette. Elle s'enfuit comme une étudiante coupable qui sortait en cachette de sa chambre pour aller rejoindre ses amis faire la fête. Sur le chemin du retour, elle chantait au volant, les yeux pétillants. Don't stop me now de Queen avait remplacé Petula Clark, la bonne humeur avait remplacé le désespoir.

Elle décida cependant de ne pas s'emballer, il était trop tôt pour se projeter. Et sa conscience lui donna rapidement raison. En effet, quelques jours seulement après cette expérience, alors qu'elle conversait avec Fabrice, elle se rendit compte que son ex-femme était encore bien trop présente dans son esprit. Ce sujet de conversation prenait de plus en plus de place dans leurs discussions, cela la mettait mal à l'aise. Elle voulait bien écouter Fabrice mais elle s'attachait à lui et ne voulait pas être sa psychologue.

Elle lui disait pourtant son mal-être vis-à-vis de cette situation mais c'était plus fort que lui, il ne s'en rendait pas compte. Après plusieurs jours de réflexion, elle prit la décision, à contrecœur, de mettre fin à leur histoire. Elle ne voulait pas s'engager dans une relation compliquée et ses sentiments grandissant, elle ne souhaitait pas se mettre en danger.

Il comprit. Il savait que sa situation était déjà tourmentée et il était assez intelligent et respectueux pour ne pas la faire subir à une tierce personne. Ils décidèrent de rester bons amis et surtout de rester professionnels dans leur relation vis-à-vis des élèves qui les liaient. Catherine, malgré une rupture prématurée, s'était attachée à Fabrice, cette première déception amoureuse depuis sa séparation la chagrinait. On ne sait jamais vraiment à quel genre d'homme on a à faire lors d'une rencontre, mais elle ne dérogerait pas à cette règle dorénavant établie : ne plus s'engager dans une relation conflictuelle impliquant une ex-compagne ou une ex-femme. Elle apprenait, elle redécouvrait les relations amoureuses. Elle choisirait désormais une personne saine de corps et d'esprit, prête à s'engager à cent pour cent avec elle.

Romain, attentif à son histoire, encouragea sa résolution, il ne fallait pas qu'elle s'engage dans une relation qui d'avance serait un échec.

Ils finirent de manger. La salle qui leur servait de réfectoire était accessible à tous et souvent, ils se restauraient avec les élèves. À la fin du déjeuner, ils se levèrent de table, saluèrent les élèves pour se rendre à leurs cours respectifs. Catherine le remercia pour son écoute et son attention. Il lui fit un clin d'œil et repartit en classe.

Chapitre 5
Un nouveau départ

Après cette journée confessions, Catherine réactiva son compte comme elle l'avait promis à Romain. Plusieurs hommes lui avaient envoyé des messages, beaucoup de personnes l'abordaient franchement, presque même d'une façon déplacée pensait-elle. Certains avaient un peu plus de classe, une manière d'accoster plus élégante, elle préférait ce genre d'homme. Elle visionnait les différents profils par curiosité, elle scrollait, se divertissait presque comme un enfant devant un jeu vidéo. Dans toutes les descriptions qu'elle lisait, elle éliminait les hommes qui n'écrivaient pas assez bien à son goût, voire elle bloquait purement et simplement ceux qui faisaient deux fautes d'orthographe par phrase. Elle supprimait aussi ceux dont la photo de profil montrait exclusivement leurs abdominaux ou leurs parties génitales. Quelle idée, se disait-elle, c'était affligeant de voir des hommes se ridiculiser ainsi… Elle se demandait franchement quelles femmes pouvaient être intéressées par ce type d'homme. Également bloqués, les hommes ne recherchant pas de relations sérieuses. Mais au moins, ils avaient le mérite de l'avouer pensait-elle. Elle avait les menteurs en horreur et malheureusement, elle savait qu'elle avait de fortes chances d'en rencontrer ici; mais au final, comme dans la vie réelle… Elle continua de naviguer sur le site. Il y avait tout type d'homme inscrit, vraiment, cela la surprenait. Peut-être que Romain, Arnaud et sa sœur avaient finalement raison. Il n'y avait pas que des « cas désespérés », mais des profils plus éclectiques les uns que les autres. Presque même cliché comme cet informaticien quadragénaire très mince par exemple, qui cherchait une femme forte pour « le réchauffer pendant les nuits froides d'hiver » avec qui il pourrait coder et jouer aux jeux vidéo. Il écrivait même ses jeux favoris au cas où : God of war, Naughty Dog, Assassin's Creed. Elle avait une vague idée de ce qu'étaient ces jeux mais elle pensait qu'ils s'adressaient exclusivement aux adolescents. Apparemment non. Il laissait aussi entendre qu'il pouvait jouer à tout type de jeu. Heureusement qu'il le précise riait-elle, on ne sait jamais, une femme pourrait le bloquer parce qu'elle n'aime pas les mêmes jeux que lui. Ou encore cet entrepreneur en bâtiment qui promettait la lune sur son profil: romantique, aimant, travailleur, fidèle…

Il ne lui plaisait pas physiquement mais elle le trouvait intéressant. Elle devait pourtant avoir un minimum d'attirance physique pour la personne car elle savait que la relation devrait être cérébrale bien sûr mais également physique. L'un n'allait pas sans l'autre. Ou encore ce cadre supérieur, presque trop parfait dans sa description ; il l'avait construite comme un curriculum vitae mais il semblait rechercher une compagne pour l'assister plus que pour l'aimer. Non merci se disait-elle, elle n'était ni une assistante personnelle ni une potiche pour les repas d'affaires. Elle recherchait une véritable histoire d'amour dans laquelle il y aurait de la considération et du respect mutuel. Ou bien aussi ce musicien qui se présentait avec une guitare sur sa photo de profil et qui disait vivre de son métier. Souriant, agréable à regarder, mais pas assez pragmatique à son goût, elle ne voulait pas d'un rêveur, ni d'un grand enfant, elle en avait déjà trois à la maison. Et puis, concrètement, elle avait déjà essuyé toutes les dettes de Jean-Marc, elle avait tout assumé depuis tant d'années, elle ne voulait certainement pas construire une histoire avec une personne n'ayant pas de situation stable. Peut-être se trompait-elle, peut-être n'était-ce qu'une idée reçue, mais c'était son droit de le penser et son désir de ne pas choisir un artiste. Elle ne ferait pas de compromis sur ce point, elle savait pertinemment ce qu'elle risquait.

Finalement, dans cette jungle d'hommes célibataires, un seul retenait son attention. Il avait à peu près son âge, seulement deux ans de plus. C'était un premier changement, pourquoi pas? Se disait-elle. Son mari était plus âgé, et elle n'avait pas eu plus de chance avec Fabrice, plus jeune qu'elle. Elle engagea la conversation avec lui, un dénommé Cyril. C'était un homme bien sous tous rapports. Il semblait sain et stable dans sa vie. Un homme divorcé qui avait vécu une histoire d'une douzaine d'années. Depuis deux ans qu'il était actif sur les sites de rencontres, il avait vécu deux histoires qui n'avaient finalement pas abouti. Il travaillait dans l'import-export et habitait une petite ville à deux heures de chez elle. Ils commencèrent à parler régulièrement ensemble, cela dura plusieurs jours, ils parlaient jusqu'à très tard dans la nuit, ils avaient énormément de points communs, un peu la même histoire finalement. Après les premiers échanges étonnamment agréables, elle décida de ne parler qu'à Cyril, elle avait ignoré tous les autres membres du site. Flattée des sollicitations du début, cela la mettait désormais mal à l'aise de devoir perpétuellement refuser des avances. Au final, cela ne l'intéressait pas, même virtuelle, elle préférait la présence exclusive de Cyril. Après tout, s'il lui convenait, pourquoi ne pas continuer les conversations en dehors de ce circuit-là?

Après une dizaine de jours, Catherine se décida enfin à lui demander son numéro de téléphone pour, pensait-elle, pouvoir échanger d'une façon plus intime. Il accepta, lui confessant même son envie de supprimer son compte, les autres prétendantes ne l'intéressant plus puisqu'il lui semblait avoir rencontré une belle personne. Ils ne s'étaient pas encore appelés mais elle restait accrochée à son téléphone. Ils s'envoyaient continuellement des messages doux et romantiques, un peu comme ces jeunes amourettes où le moindre texto est réfléchi, étudié pour plaire à l'autre et pour ne pas se discréditer ; un peu comme ces premières rencontres où on tombe amoureux rapidement. C'est drôle, songeait-elle, elle n'avait jamais vraiment expérimenté ces moments, ce jeu de séduction virtuel et les attentes de messages qui semblent interminables. Elle savourait ces petits instants de plaisir. Cyril était intelligent et cultivé, il avait étudié le commerce à l'université de Nuremberg et y avait rencontré sa femme, française, qu'il avait suivie en France alors qu'elle finissait ses études. Grâce à son trilinguisme – il parlait allemand, français et anglais – et à ses études, il avait trouvé un emploi dans l'Import-export. Une entreprise française l'avait embauché pour traiter ses dossiers étrangers. Après quelques années, avec de l'expérience, il avait décidé de se lancer seul, d'ouvrir sa propre structure servant d'intermédiaire entre fournisseurs et clients à travers le monde. Il connaissait parfaitement les rouages internationaux et les différences culturelles entre pays, c'est pour cela que ses clients lui faisaient confiance.

Un lien se créait entre eux. Catherine ressentait le besoin de lui écrire, de le lire, d'être dans cette bulle avec lui pour qu'il l'aide à oublier les éprouvantes semaines précédentes.

Cyril lui avait demandé plusieurs fois pourquoi elle ne voulait pas l'appeler mais elle était trop timide pour le moment, elle préférait l'imaginer, imaginer sa voix, même si elle savait pertinemment que cela ne pourrait durer plus longtemps. Ne pas l'appeler de peur d'être déçue n'avait pas de sens, c'était puéril, surtout à plus de quarante ans. Elle en était consciente. Alors, un soir, elle se décida à prendre son courage à deux mains. Le téléphone sonna quelques secondes, ce temps d'attente lui semblait interminable, son cœur battait fort, le stress montait.

Un son se fit entendre à l'autre bout du fil, c'était une voix douce, calme, sereine, masculine, cette voix était un peu comme elle l'imaginait. Enfin, elle l'entendait réellement.

— Allô ?

— Oui, c'est… C'est moi, c'est Catherine.

— Bonjour, tu vas bien ? Lui dit-il avec un léger accent.

— Ça va merci, j'ai enfin eu le courage de t'appeler.

— Merci de l'avoir fait, je n'y croyais plus ! Dit-il en riant.

Elle était rassurée. Pour engager la discussion, elle fit semblant de ne pas avoir compris son dernier texto à propos de son travail et elle lui demanda de lui expliquer à nouveau. La barrière de l'inconnu était franchie, ils continuèrent leur conversation par téléphone toute la soirée. Ce qu'elle appréciait particulièrement chez Cyril, c'était son ouverture d'esprit. Cultivé, il connaissait énormément de choses, avait un avis sur de nombreux sujets et en même temps, il était capable d'écouter et d'entendre le point de vue d'une autre personne et de débattre intelligemment avec elle. Elle admirait cette qualité chez un homme. Avec Jean-Marc les débats étaient clos assez rapidement car certains sujets étaient si sensibles qu'ils en étaient devenus tabous. Elle trouvait cela dommage de ne pas pouvoir s'exprimer et débattre de tout dans un couple.

Elle se rappelait par exemple de cette dispute qu'ils avaient eue. C'était un dimanche après-midi, elle et Jean-Marc réfléchissaient ensemble à l'avenir de Thomas. Catherine était ouverte à toutes les possibilités, pensant que son fils pourrait faire ce qu'il projetait tant qu'il était performant dans son métier, suffisamment pour ne pas être à l'avenir frustré dans sa vie professionnelle et par extension sa vie personnelle. Elle pensait que le monde du travail était exigeant et que, quoi que l'on fasse, il fallait démontrer des compétences. Ces quelques phrases anodines avaient mis Jean-Marc dans une colère noire. Il lui reprochait ce discours, il lui reprochait de mettre la pression à leur fils. Selon lui le monde était dirigé par des financiers et par le piston. Il était pratiquement impossible de décrocher un bon emploi sans connaître les bonnes personnes. Cela ne servait donc à rien de lui mettre la pression. Non, pour lui, il fallait qu'il rentre dans la fonction publique ou dans un grand groupe pour y faire carrière, il serait ainsi un peu plus protégé d'éventuels licenciements. Elle lui rétorquait qu'elle entendait son point de vue et que ce n'était pas incompatible avec ce qu'elle pensait. L'idée que son fils travaille dans un grand groupe ne lui déplaisait pas – elle avait toujours encouragé ses enfants à voyager –, Thomas pourrait ainsi prétendre à des mutations à l'étranger et pourrait donc atteindre un poste prestigieux et voyager, s'enrichir personnellement et culturellement.

Mais cela ne plaisait pas non plus à Jean-Marc, que ferait-il à l'étranger ? « La sécurité sociale n'existe même pas » ! Quelle ignorance et quel égocentrisme. Elle maudissait cette phrase. Comme si la France était le seul pays au monde à protéger ses concitoyens, comme si la France était la seule à avoir des hôpitaux publics. Il ne fallait pas aller bien loin en Europe pour réaliser que la France n'avait pas le monopole de la santé… Quel manque de connaissances et même quel mépris pensait-elle à l'époque mais elle savait que cela ne servirait à rien de relancer le débat. Elle finit par conclure que Thomas déciderait après le baccalauréat, en fonction de ses notes et de ses envies. Débat clos.

Des conversations désagréables de la sorte, ils en avaient eues de plus en plus au fil des années. Comme cet autre jour où ils avaient organisé à la maison un repas entre amis, c'était juste après les élections présidentielles. Lucien, un ami du couple, trouvait qu'un des candidats, anciennement plus modéré, était devenu à son goût trop extrémiste dans ses idées. Il était content qu'il n'ait pas été élu. Ce soir-là, elle avait eu honte de son mari. Jean-Marc avait été tellement désagréable qu'il avait pourri la soirée. Elle savait que ses invités avaient le même ressenti quand ils avaient décidé de partir vers vingt-trois heures, prétextant qu'ils avaient des choses à faire tôt le lendemain matin. Elle les connaissait bien et savait que ce n'était pas vrai. Quelle honte! Et pour lui c'était de leur faute, ils n'y connaissaient rien en politique et n'avaient pas compris le candidat. Ils ne l'avaient pas évalué à sa juste valeur. Ces discours inquiétaient Catherine. Elle savait son mari engagé et revendicatif mais ne le pensait pas extrémiste, jusqu'au-boutiste. Elle ne l'avait pas connu comme cela et n'appréciait pas cette nouvelle facette de Jean-Marc. Ces disputes normalement fréquentes dans un couple étaient pourtant symptomatiques de la cassure qui existait entre eux. Ces divergences politiques reflétaient en réalité des divergences plus profondes qui mettaient en exergue le fossé qui s'était créé au fil des années.

Cyril voyageait régulièrement pour son travail, d'ailleurs, il partait au Maroc dans deux jours. Il avait une affaire à finaliser sur place et devait rencontrer un fournisseur pour vérifier la conformité de la marchandise avant de l'envoyer en France. Elle aimait discuter avec lui. Il avait des projets… Il aimerait rencontrer l'âme sœur puis acheter un cottage dans la campagne écossaise. Il pourrait toujours travailler de là-bas tout en profitant des plaines verdoyantes, de cette ambiance simple et joviale faisant la réputation des gaéliques. Il avait toujours aimé les pays anglo-saxons et adorait la nature. En parlant il l'incluait constamment dans ses projets, « on », disait-il. Catherine qui avait souvent vu ses rêves s'envoler et qui n'avait plus dit « on » depuis des années, se prenait à rêver avec lui, elle aussi. Elle s'imaginait dans ses bras, à se réchauffer tous les deux devant un feu de cheminée, à regarder la pluie tomber au travers de la grande baie vitrée de leur cottage qui surplomberait une vallée magnifique. Il était déjà trois heures du matin, ils avaient conversé pendant plus de cinq heures. Elle avait une journée chargée le lendemain, à contrecœur, elle lui souhaita bonne nuit et s'endormit rapidement.

Le lendemain matin, elle arriva au travail le sourire aux lèvres, comblée et radieuse. Elle raconta toute cette histoire à ses deux compères, Romain et Arnaud. Ils la félicitèrent et lui souhaitèrent de vivre une belle histoire d'amour avec cet inconnu. Il restait cependant quelques incertitudes… Lui plairait-elle réellement? Arriveraient-ils à tenir une relation longue distance? Que penserait-il de ses enfants? Les enfants comprendraient-ils l'arrivée d'un nouvel homme dans la vie de leur mère? Autant de questions qui restaient sans réponse. Le soir même, elle et Cyril passèrent à nouveau plus de quatre heures ensemble au téléphone. Il partait le lendemain et devait se coucher plus tôt, ils se souhaitèrent bonne nuit et il promit de la tenir au courant des étapes de son voyage.

Chapitre 6
Une personne authentique

Tôt le matin, Cyril était arrivé au Maroc sans encombre et avait aussitôt envoyé un message à Catherine lui disant qu'il l'appellerait plus tard dans la journée, une fois ses affaires réglées.

Dans la voiture, alors qu'elle partait travailler, Catherine reçut un message de son mari lui demandant s'il pouvait venir passer la nuit dans l'appartement inoccupé, à l'étage de leur maison. Cet appartement avait été loué pendant un temps et les locataires étaient ensuite partis ayant fait construire une petite maison non loin de là. Depuis, et à cause des événements de ces derniers mois, Catherine avait laissé le logement vacant.

Jean-Marc étant parti rapidement du logement familial, il lui avait dit qu'il était en colocation avec une collègue de travail qui faisait les marchés avec lui. Elle n'était bien sûr pas dupe, elle se faisait une idée du type de colocation qu'ils avaient mis en place. Après plusieurs semaines, elle lui avait tout de même demandé s'ils avaient eu des relations intimes. Au début, il ne voulait pas en parler mais elle réussit à relativiser la portée de cette information, à lui faire penser qu'au final, cela n'avait plus aucune espèce d'importance.

— Oui, répondit-il, à peine hésitant. Mais tu sais, elle ne m'intéresse pas vraiment, elle est trop… Comme moi et je n'ai pas envie de sortir avec une personne qui me ressemble.

Il l'avait dit sur un ton détaché et insensible. Jean-Marc voulait la blesser, peut-être la rendre jalouse car il s'était rendu compte qu'elle n'avait pas essayé de le récupérer. Il en était malade, sa fierté était profondément touchée et il ne le supportait pas, il n'acceptait pas de perdre le contrôle sur sa femme. Mais le plus surprenant peut-être, c'était finalement la réaction de Catherine à cette annonce. Cela ne l'affectait pas, elle n'avait pas sourcillé un instant. Après leur rupture elle s'était remise en question et avait beaucoup culpabilisé. Puis, au fil des semaines, en échangeant avec ses amis proches et en analysant certains des comportements de son mari, elle avait réalisé que non seulement elle n'avait pas à culpabiliser de la situation dans laquelle il était, mais qu'en plus qu'il l'avait maintenue dans une relation de manipulation et de soumission depuis des années. Cette façon qu'il avait de souvent la dévaloriser ou d'avoir de l'emprise sur elle avec de simples habitudes du quotidien. Elle se remémorait des moments qui lui paraissaient anodins à l'époque, par exemple, quand elle était assise et qu'elle croisait les jambes, il en repoussait toujours une pour les décroiser. Il disait que ce n'était pas bon pour sa circulation sanguine. Au début, elle l'avait pris pour un geste tendre, un geste d'affection montrant qu'il se préoccupait de sa santé. Puis au fil du temps elle comprit que cela l'irritait, elle en était même venue à s'excuser de croiser les jambes en sa présence. Elle avait aussi fini par faire attention à ce qu'elle disait sous peine de créer une dispute, pire, de l'indifférence qui pouvait durer plusieurs jours. Certaines phrases étaient bannies, par exemple elle ne pouvait pas dire « c'est beau » ou « c'est moche », elle devait dire « je pense que c'est beau » ou « je pense que c'est moche » car sa vérité n'était pas absolue disait-il. Elle avait beau lui expliquer que si cela sortait de sa bouche, cela n'impliquait donc que son jugement et en aucun cas celui des autres mais il ne voulait rien entendre. Elle n'aurait jamais eu la prétention ou l'arrogance de penser que ses déclarations avaient valeur de Vérité. Il pouvait l'ignorer pendant des jours si elle n'employait pas la bonne syntaxe. Elle devait s'excuser d'avoir utilisé tel ou tel mot pour enfin retrouver le dialogue. Ces petits éléments mis bout à bout quand ils vivaient ensemble, ne l'avaient pas alertée plus que cela mais aujourd'hui qu'elle s'était détachée de lui, elle avait compris qu'il essayait constamment de prendre un ascendant psychologique pour la modeler comme il le désirait.

Catherine était maintenant libérée de son emprise et en pensant à Jean-Marc, elle ne ressentait ni mépris ni regret. Voulant le meilleur, ou du moins, ne souhaitant pas le pire pour le père de ses enfants, elle désirait par-dessus tout qu'il renoue un lien avec eux. Catherine accepta ainsi sa demande de logement temporaire dans son appartement, le temps qu'il trouve une solution plus pérenne. Elle aurait ainsi la conscience tranquille et il pourrait voir ses enfants quand il le désirerait. Elle lui laisserait les clés sous le paillasson le soir en rentrant.

Sa relation avec Jean-Marc n'avait presque plus d'importance tant ses pensées étaient orientées vers Cyril. Elle n'aurait jamais imaginé pouvoir passer à autre chose aussi facilement, et c'était tant mieux ! Elle décida d'en parler à Romain pendant le déjeuner.

— Ça sent un peu la merde ton histoire, disait-il, une expression à son image, franche et sans concession. Je pense qu'il se rend compte qu'il perd le contrôle et cela le rend imprévisible. Tu devrais te protéger un peu plus, ajouta-t-il, tu sais, ce n'est pas évident de devenir amis alors que vous avez été mariés pendant tant d'années. Cela risque de prendre du temps.

— Tu as sans doute raison.

Il reprit :

— Il semble déboussolé, on dirait plutôt que c'est le calme avant la tempête. Vous êtes simplement en train de réaliser ce qu'il se passe… Tu as rencontré quelqu'un, lui a eu des aventures de son côté, il faut vous rendre à l'évidence…

— Oui… Balbutiait-elle, pensive.

Il essaya de la rassurer.

— Essaie d'être plus intelligente afin que votre relation se termine correctement si on peut dire, mais ne laisse pas la place au doute car une relation qui se termine, c'est comme lorsque tu retires un pansement, si ça prend trop de temps, ça fait mal…

Elle aimait cette métaphore, il avait dix ans de moins qu'elle mais il était plus expérimenté côté déceptions amoureuses, et elle était attentive à ses conseils.

Bien sûr, toutes les histoires sont propres à chacun, mais il la prévenait car il avait essayé de bien terminer certaines de ses histoires et au final, il avait compris qu'on pouvait difficilement remplacer un lien amoureux par un lien d'amitié. Il valait mieux terminer une relation de façon claire pour ne pas laisser de place à l'ambiguïté. Enfants ou pas. Elle ne se sentait pas très bien, ces histoires avec Jean-Marc la fatiguaient, elle avait l'impression de ne jamais pouvoir être tranquille.

Après le repas elle repartit au bureau et continua sa journée. Elle était en train de finaliser un dossier important qui permettrait au centre d'élargir les formations données. Elle aimait les challenges et avait beaucoup d'ambition pour son école, elle savait aussi que la concurrence était rude mais elle y croyait.

Entre deux dossiers, elle décida d'envoyer un texto à Cyril, elle n'avait pas eu de nouvelles de sa part depuis son arrivée au Maroc. Après un message l'interrogeant sur son séjour là-bas, elle se remit dans ses dossiers, laissant son portable proche d'elle pour ne pas manquer sa réponse. Le reste de la journée passa à vitesse grand V, mais toujours pas de réponse de Cyril. Elle ne s'inquiétait pas outre mesure mais cela ne lui ressemblait pas, lui qui l'appelait déjà mon amour et qui lui écrivait tout au long de la journée. En fin d'après-midi, elle récupéra Léa à l'école. Thomas et Loïc avaient pour habitude de rentrer seuls en bus. Léa terminait son CM2, c'était une élève brillante mais elle traversait une période turbulente, elle cherchait constamment le conflit avec sa mère. Peut-être la tenait-elle pour responsable de la situation avec son père ? Peut-être cherchait-elle à communiquer son mal-être avec sa maman ? Peut-être Catherine n'avait-elle pas eu la patience nécessaire pour comprendre sa fille et ne savait plus comment s'y prendre ? Dans tous les cas, la situation s'était envenimée et Catherine était dépassée par les événements ; entre sa maman, ses enfants et son mari à gérer, les longues heures passées au travail, la pression de sa directrice pour atteindre des objectifs ambitieux et la gestion du personnel du centre, elle n'avait eu que trop peu de patience pour sa fille et elle le savait. Elle devait changer de comportement et lui accorder plus d'attention. Ses deux fils étant indépendants pour rentrer de l'école, elle décida de s'arrêter dans un café pour boire un chocolat chaud avec sa fille et prendre un peu de temps exclusivement avec elle pour discuter. Léa, surprise, accepta avec plaisir, toutes les deux ayant besoin de se retrouver. Arrivées dans ce petit café local, chaleureux, habillé principalement de bois, Catherine commanda un café latté pour elle et un chocolat chaud pour sa fille. Elle avait prévenu les garçons qu'elles rentreraient un peu plus tard. Elles passèrent deux heures ensemble à parler de tout, Catherine ne s'était pas rendu compte à quel point sa fille avait grandi en si peu de temps, Léa lui raconta ses amourettes à l'école, ses disputes avec ses amis, et autres péripéties du moment.

Puis, comme sa fille évitait le sujet de la séparation alors qu'il cristallisait toutes les tensions, Catherine aborda le thème en pesant toutefois ses mots.

— Tu sais Léa… (Elle commença d'un ton grave) Parfois les adultes se séparent car ils ne s'aiment plus.

— Je sais maman…

— Cela ne changera jamais l'amour que je te porte, l'amour que ton père a pour toi.

— Oui je sais…

— Tu pourras voir ton papa quand tu veux et aussi longtemps que tu le désires, et tu...

Elle s'arrêta, Léa s'était mise à pleurer.

— Allez-vous un jour revivre ensemble ?

— Non mon cœur, malheureusement ce n'est pas possible, il faut être amoureux pour vivre ensemble.

Elle se tut. Léa n'avait jamais parlé de cela avec sa maman depuis leur séparation et cela lui faisait incontestablement du bien. Elle la remercia, lui dit qu'elle l'aimait et Catherine la serra fort dans ses bras pendant de longues minutes. Elles restèrent un moment à discuter puis, l'heure passant, elles rentrèrent rejoindre les garçons à la maison. Ce petit instant, aussi nécessaire qu'opportun, leur avait fait du bien à toutes les deux. Arrivée à la maison, Catherine prépara le repas et une fois les lasagnes prêtes, elle appela les enfants pour qu'ils viennent à table. Les repas à la maison étaient devenus plus joyeux depuis le départ du papa. En effet, ce dernier ne considérait pas les repas comme un moment familial, un moment convivial qui permettait aux membres d'un foyer de se retrouver mais plutôt comme un moment de calme et de restauration, qui ne nécessitait pas beaucoup de paroles à table. Ainsi, avec le temps, la famille avait pris l'habitude de manger dans le silence où à la fin, tout le monde retournait vaquer à ses occupations. Depuis la rupture, les enfants pouvaient s'exprimer, parler de leur journée, rire de tout, raconter des blagues... Parce que Loïc avait eu une relation très conflictuelle avec son père, Catherine avait plusieurs fois dû intervenir pour calmer des disputes qui auraient pu mal tourner. Jean-Marc était sanguin, Loïc se sentait incompris et était sur la défensive. Catherine avait à plusieurs reprises eu peur qu'ils en viennent aux mains et cette violence entre père et fils l'effrayait. Elle savait que Loïc était un enfant plus compliqué à gérer mais elle ne comprenait pas que son mari n'arrive pas à prendre le recul nécessaire, pire, qu'il ne comprenne pas que l'approche frontale ne fonctionnait manifestement pas avec son fils. C'était lui l'adulte, c'était à lui de comprendre la psychologie de son enfant, à lui d'essayer d'autres techniques pour faire comprendre son message. Mais non, il préférait l'affrontement systématique, affrontements qui désespéraient tous les membres de la famille.

Depuis le départ de son père et après quelques mois, Loïc revivait, il n'était plus le même adolescent, bien que toujours écorché, il devenait étonnamment agréable à vivre autant avec sa mère qu'avec son frère et sa sœur. La petite famille créait à nouveau un lien de complicité perdu avec le temps. Catherine appréciait ces moments avec ses enfants, non seulement ils s'étaient rapprochés mais elle avait également l'impression de les redécouvrir, d'apprendre à connaître à nouveau leurs vies, et ce sentiment lui paraissait agréable et soulageant.

Le dîner terminé, les enfants retournèrent à leurs activités avant d'aller se coucher. Cyril n'avait toujours pas donné de nouvelles, cette fois-ci, Catherine commença à s'inquiéter. Elle monta dans sa chambre pour s'isoler et décida de l'appeler. Après d'interminables sonneries, Cyril décrocha. Il avait une voix fatiguée.

— Allô ?

— Je me suis tellement inquiétée, est-ce que tout va bien ? Demanda-t-elle sans tarder.

— Je n'ai pas cessé de travailler, je t'avoue que certains clients me posent problème, ils mettent beaucoup de temps à régler leurs dettes et ça m'ennuie.

Il ne voulait pas rentrer dans les détails, pour la préserver, expliquait-il. Il semblait tourmenté car il avait, de plus, perdu son portefeuille.

— La situation, avouait-il, est assez contrariante. Mais ne t'inquiète pas, tout va rentrer dans l'ordre.

— Es-tu sûr ? Demanda Catherine hésitante.

— Oui, je te laisse, je suis fatigué et j'ai encore de nombreuses affaires à régler demain, je t'appelle plus tard.

Il mit un terme à la conversation rapidement. Catherine restait un peu sur sa faim, tout ce qui se passait ne la rassurait pas, elle se mit au lit, prit un livre pour tenter de se changer les idées mais rien n'y faisait, elle avait le ventre noué, la nuit serait longue et angoissante.

Lorsque le réveil sonna le lendemain matin, elle consulta son téléphone, Cyril ne lui avait pas envoyé de message. Sans surprise, difficile de se lever car elle n'avait pas fermé l'œil de la nuit. Elle se prépara pour aller au travail et passa sa journée sans aucune nouvelle de lui. La journée du lendemain fut identique à celle de la veille, Cyril faisait le mort. Ou peut-être l'était-il vraiment? Quelque chose de grave lui était peut-être arrivé. L'idée de penser à cette hypothèse lui donnait la nausée. Elle se sentait de plus en plus mal, elle avait un mauvais pressentiment, surtout s'il n'avait plus son portefeuille, et qu'il était coincé au Maroc.

Après quatre jours sans nouvelles, le téléphone sonna, elle était en entretien avec une élève. Lorsqu'elle pencha son regard pour savoir qui l'appelait, son cœur s'arrêta. Cyril!! Impossible de dire si elle était prise de panique ou si c'était de la joie, mais elle expliqua à son élève qu'elle devait prendre l'appel car c'était urgent. Elle sortit de la pièce rapidement et décrocha. Au bout du fil, elle entendit sa voix :

— Allô chérie, je suis désolé de ne pas avoir donné de signe de vie mais la situation met plus de temps que prévu à rentrer dans l'ordre.

Elle était tellement contente et rassurée d'entendre sa voix, elle avait envie de sauter de joie!

— Pas de problème, le plus important c'est que tu ailles bien.

— Comment vas-tu?

— Écoute, je vais mieux maintenant que…

— Tu n'avais pas l'air très inquiète. (Il la coupa assez sèchement.)

Le ton inquiet des jours précédents avait laissé place à un ton bien plus incisif, un ton qu'elle n'avait jamais entendu venant de lui. Il reprit :

— Tu ne t'es pas vraiment inquiétée, tu savais pourtant que je n'avais plus de portefeuille et que j'étais livré à moi-même ici.

— Mais… je…

Elle ne savait pas vraiment quoi répondre.

Ce reproche, pour le moins surprenant, la fit culpabiliser. En même temps, comment osait-il dire cela, elle s'était tellement inquiétée. Mais après cette remarque, elle se sentit coupable de ne pas avoir cherché de solutions pour l'aider, elle pensait qu'il trouverait un moyen, comme il le lui avait assuré. Et puis, ils ne s'étaient encore jamais rencontrés donc cette remarque lui semblait culottée! Catherine était une personne généreuse, elle s'assurait toujours que les gens aillent bien et ne laissait jamais quelqu'un dans le besoin, mais étant donné l'avancement de leur relation, c'est-à-dire au stade embryonnaire, elle n'avait pas insisté pour ne pas paraître trop envahissante voire effrayante. Elle pensait qu'il était très occupé et qu'elle devait le laisser tranquille.

— Est-ce que je peux faire quelque chose pour toi ? Puis-je t'aider d'une manière ou d'une autre ? lui demanda-t-elle, prise de remords.

Il lui exposa la situation, ayant perdu sa carte bancaire, il avait fait bloquer tous ses comptes pour qu'il n'y ait pas de transactions possibles le temps qu'il fasse faire de nouveaux documents. Si les cartes en question avaient été volées, quelqu'un de mal intentionné aurait pu les utiliser. De plus, il attendait un virement de quatre-vingt-dix mille euros et à cause de cette malencontreuse aventure, il se trouvait dans l'embarras. Le client marocain avait tenté de lui transférer le paiement dû mais sans succès. Il lui expliqua alors qu'il avait besoin d'elle, afin qu'il puisse enfin se sortir de ce bourbier et rentrer rapidement en France. Il lui demanda de lui faire parvenir son Relevé d'Identité Bancaire pour que le client puisse faire le virement sur son compte. Elle ferait ensuite le nécessaire pour lui faire parvenir cet argent. Une fois le RIB enregistré, elle avait simplement à prévenir son banquier de l'arrivée du virement pour qu'il ne s'inquiète pas d'un tel montant. Après cet éclaircissement, elle lui assura qu'elle allait voir ce qu'elle pouvait faire. Il la remercia de son aide et lui dit qu'il attendrait son appel.

De retour à son bureau, elle termina l'entretien assez rapidement car son esprit était ailleurs. Tout s'entremêlait dans sa tête, quelque chose ne tournait pas rond. Elle n'était pas certaine de bien comprendre ce qui était en train de se passer mais étant une femme intelligente et par chance ou par réflexe, elle avait enregistré la photo de profil de Cyril sur son ordinateur. Par précaution, elle alla chercher une de ces fameuses photos et l'importa dans l'onglet de recherche de Google pour voir si le moteur de recherche reconnaissait l'image. Ses jambes se mirent à trembler, ses doigts se crispèrent sur le clavier de l'ordinateur, elle n'en croyait pas ses yeux. La photo de Cyril existait bel et bien, mais c'était le portrait d'un homme d'affaires russe connu, un milliardaire qui avait fait fortune dans les énergies. Cette photo ainsi que d'autres photos présentes sur le profil de Cyril étaient en ligne sur Internet. Cyril, bien évidemment un nom d'emprunt, n'était qu'un arnaqueur qui s'était joué d'elle, de ses sentiments, une personne fictive qui avait tenté de l'appâter, de la rendre sentimentalement dépendante pour lui soutirer de l'argent. Quelle désillusion! Le choc à encaisser était d'une telle violence qu'il lui pinçait le cœur! Elle avait même envie de vomir. Elle avait entendu tant d'histoires de ce type, des femmes fragiles plus ou moins jeunes qui tombaient dans le piège de cupides et malhonnêtes personnes. Elle avait eu de la compassion pour celles-ci et elle s'était dit : «Quand même, c'est trop grossier pour ne pas le voir arriver!». Lorsqu'elle lisait ces histoires, elle se demandait pourquoi ces femmes ne s'étaient pas posé plus de questions. Elle avait toujours pensé qu'elles étaient vraiment fragiles et des cibles privilégiées. Elle n'aurait jamais imaginé être un jour victime d'une tentative d'extorsion de la sorte. Et pourtant, lorsque cela vous arrive, toutes vos certitudes, aussi ancrées soient-elles, partent en fumée en une fraction de seconde, pensait-elle. Pour prévenir les modérateurs du site de rencontres du subterfuge, elle revérifia les infos sur le site où elle avait rencontré Cyril. Les modérateurs l'avaient précédée… Le profil avait été supprimé car soupçonné d'être un faux profil comme elle pouvait le lire. Elle se sentit trahie mais fière d'elle à la fois, fière d'avoir eu la présence d'esprit de ne pas tomber dans ce piège et d'arrêter expressément la relation avant de se faire dérober de l'argent. Calmée, elle finit par renvoyer simplement un message à Cyril.

Tu es démasqué, bonne chance.

Ce dernier, avec aplomb et presque bon perdant lui répondit :

Bonne chance à toi aussi ma belle, je te souhaite de

trouver l'amour et surtout de trouver une personne authentique...

Elle ne répondit pas, elle signalerait plus tard ce numéro aux autorités. Elle rentra chez elle, elle avait envie de chaleur humaine et d'amour véritable. Elle n'avait pas besoin de chercher bien loin pour cela, elle les trouverait chez elle, au travers de ses enfants.

Chapitre 7
Le retour du loup

Le lendemain elle retourna au travail après une nuit plutôt correcte en réalité, bien qu'elle n'en revînt toujours pas des mésaventures de la veille. Néanmoins, n'ayant pas été trompée complètement, elle préféra prendre cette histoire à la rigolade, cela lui ferait de nouvelles péripéties à raconter à ses collègues. Elle riait d'avance de la réaction de ses acolytes. Tout ce temps à vivre cette vie bercée d'un quotidien presque ennuyeux, où elle rentrait dans ces cases si stéréotypées qu'on déteste et qui nous rattrapent pourtant tous un jour. Un quotidien si banal et ordinaire dont personne ne rêve à vingt ans mais qu'au final, beaucoup de monde vit à quarante ans. Aujourd'hui, elle expérimentait de nouvelles sensations, son existence allait au rythme des battements de cœur, parfois haut, parfois bas, mais au moins, Catherine n'était pas morte, au contraire, elle vivait enfin.

Elle ne s'était pas trompée quant à la réaction de ses collègues. Et notamment Romain :

— Punaise, Catherine, ton parcours est digne d'un roman, il faut l'écrire pour s'en souvenir et pour pouvoir en rire ensemble dans dix ans autour d'un bon verre de vin ! s'exaltait-il.

Ils s'esclaffèrent ensemble. Catherine n'était pas contre cette idée, elle qui, plus jeune, se rêvait en héroïne, elle était servie, peut-être pas dans un rôle de sauveuse des temps modernes mais héroïne quand même, le temps d'une histoire.

Elle avait passé une bonne journée au travail, il faut dire que ses collègues savaient lui remonter le moral et la faire rire pour qu'elle oublie ses mésaventures. Ses élèves avaient également été agréables et à l'écoute, comme s'ils avaient compris qu'aujourd'hui n'était pas la bonne journée pour l'importuner et bavarder. Tant mieux, elle n'aurait pas eu la patience. Après sa séparation conjugale, elle avait également mis à jour son profil LinkedIn. Elle pensait que sa rupture serait peut-être aussi l'occasion de changer de métier, changer de région. Elle précisait sur son profil qu'elle était ouverte à toutes propositions et qu'elle était également capable de déménager pour une nouvelle aventure professionnelle. Cette action avait en réalité fait déplacer d'autres lignes, des lignes qu'elle désespérait de voir bouger un jour. Depuis la mise à jour de son profil professionnel, sa directrice, par enchantement, était devenue, du jour au lendemain, bien plus agréable avec elle et avait cessé de lui mettre constamment la pression. Mieux, elle l'avait même invitée à déjeuner, chose inédite en quatre ans de bons et loyaux services. Puis, lors de l'entretien annuel – que madame la directrice avait avancé – elle l'avait sans cesse complimentée et lui avait tout simplement demandé de fixer ses propres objectifs pour l'année à venir. Catherine avait été ambitieuse et sa directrice le savait, le centre n'avait jamais été aussi performant depuis son arrivée. Elle ne pouvait pas prendre le risque de la perdre puisqu'elle avait déjà licencié quatre personnes à ce poste avant Catherine et puis concrètement, elle n'avait aucune raison de le faire. Elles entretenaient une relation professionnelle particulière. Catherine avait réussi à redresser financièrement le centre, elle avait réussi à gagner la confiance des équipes, des élèves et la directrice en était ravie. Mais, cette dernière étant quelque peu paranoïaque, elle ne voulait pas non plus que tout repose sur son employée, car elle avait peur de perdre son emprise sur le lycée professionnel et le centre de formation. Ainsi, les liens étaient mitigés et paradoxaux, un mélange de respect pour le travail effectué mais également de méfiance car elle ignorait les véritables intentions de Catherine et elle ne voulait certainement pas se laisser déloger de son poste qu'elle avait mis tant d'années à atteindre.

Catherine, ceci dit, ne souhaitait pas la place de sa supérieure, elle estimait avoir suffisamment de problèmes et ses responsabilités lui suffisaient amplement pour le moment. Cette attention soudaine était une source de satisfaction, n'en ayant pas eu beaucoup ces derniers temps, cela lui faisait du bien d'être complimentée et elle savourait simplement cet instant.

De retour à la maison, une fois les enfants dans leur chambre, elle resta quelques minutes l'esprit ailleurs, l'esprit libre à vrai dire, ses yeux fixant le sol, elle caressa longuement Lisou sa chienne, friande de caresses et toujours là dans les bons comme dans les mauvais moments. Elle au moins ne la trahirait jamais, si tous les hommes étaient comme ça, pensait-elle, la vie de couple serait bien plus facile et agréable.

La sonnerie de son portable la fit sursauter et la ramena à la réalité, un texto de Jean-Marc venait d'arriver lui demandant s'il pouvait la joindre car il avait un service à lui demander. Elle prit les devants et l'appela, la conversation tourna court quand elle comprit qu'il n'y avait pas d'urgence ; Jean-Marc voulait savoir où elle avait passé le week-end car il n'avait pas beaucoup vu sa voiture devant la maison. Quel culot ! Elle lui rétorqua que cela ne le regardait pas et qu'il n'avait pas à connaître tout de sa vie. Jean-

Marc pensait littéralement la posséder, il n'acceptait pas qu'elle continue sa vie sans lui rendre de compte. Depuis qu'elle avait découvert le profil manipulateur de son mari, tout était devenu plus limpide et elle ne cédait plus à ses caprices, ils étaient séparés depuis des mois et il devait comprendre qu'elle ne lui devait plus rien. Point.

Après cette altercation, elle décida par provocation envers son conjoint et pour se prouver qu'elle avait tourné la page, de retourner sur le site de rencontres. Cela faisait quelques semaines qu'elle ne s'était pas connectée depuis son expérience avec Cyril. Un certain Daniel lui avait envoyé quelques gentils messages, sans la brusquer, lui demandant comment elle allait, lui posant des questions d'ordre général, pour entamer une discussion. Elle lut le profil et ses premiers réflexes furent d'essayer de déceler la moindre anomalie démontrant que ce n'était pas un faux. Elle regarda depuis combien de temps il existait, et si tout n'était pas trop lisse ou trop parfait. Daniel avait l'air réel, il était directeur d'usine au Puy-en-Velay en Haute-Loire. Divorcé, il avait deux enfants de dix et treize ans, la cinquantaine, plutôt bel homme. Il mesurait un mètre quatre-vingt-cinq et cherchait l'amour à long terme comme le précisait sa fiche. Elle décida de le contacter, elle n'avait rien à perdre et pour être honnête, ses différentes expériences récentes l'avaient quelque peu dévergondée.

Elle tenta et si cela ne fonctionnait pas, elle arrêterait les rencontres en ligne pendant une période, pour se laisser du temps avant de chercher à nouveau.

Elle lui envoya donc un «coucou» ridicule par message, pas terrible mais ce n'est pas grave se dit-elle, il fallait bien commencer la conversation. Étonnamment, il lui répondit rapidement avec un : «Bonjour, comment allez-vous?»

Il la salua, se présenta brièvement. Déjà il écrivait bien et s'exprimait convenablement, elle ne supportait pas les tueurs en série de la langue française. Elle se rappelait avoir bloqué un prétendant pour un «Salu sa va?»

Elle s'amusait toute seule, ce genre d'action la divertissait mais plus sérieusement, elle n'aurait pas pu être avec une personne ne maîtrisant pas les bases du français, en supposant qu'il eût été français bien évidemment. Elle n'aurait pas du tout eu cette approche avec un étranger car elle savait à quel point il était difficile de parler une langue et de se l'approprier. Mais si le prétendant était francophone, elle ne lui trouverait aucune excuse, c'était, pour elle, une insulte à la France. La conversation commençait donc bien, c'était bon signe mais pas suffisant. Cyril s'exprimait bien aussi et pourtant…

Daniel était effectivement cadre dans une grande entreprise française mais il venait malheureusement d'être licencié. Elle se disait : encore une arnaque!

Un homme qui voudrait qu'on ait pitié de lui pour avoir de l'argent sans quoi, le pauvre, il mourrait dans d'atroces souffrances, mangé par des rats ou enlevé par des extraterrestres. Elle avait beaucoup d'imagination c'est vrai. Toutefois, il semblait que ce n'était pas le cas, elle le laissa s'exprimer et il lui expliqua qu'il avait refusé plusieurs fois une mutation car il désirait rester près de ses enfants. Il avait donc conclu à une indemnité de départ avec l'entreprise car les deux parties ne se retrouvaient plus dans la collaboration. Catherine fut rassurée, elle entendait parfaitement cet argument. Elle-même n'aurait pas sacrifié de temps avec ses enfants pour son travail, du moins, elle comprenait qu'il ne veuille pas se retrouver à deux cents kilomètres de son ex-femme et donc de ses enfants. Elle souhaitait rencontrer un homme avec des valeurs paternelles qui pourrait la comprendre. Daniel semblait sain d'esprit, il habitait au centre-ville du Puy-en-Velay, charmante petite ville médiévale connue pour la statue de la vierge Marie qui domine la cité mais également pour sa fameuse fête de la Renaissance, la fête du Roi de l'Oiseau. Cette fête tant connue qui transforme l'agglomération le temps d'une semaine en un immense village médiéval animé par des stands ressuscitant les métiers d'antan et des restaurants transformés en auberges pour l'occasion. Elle avait déjà eu l'occasion d'y aller une fois, avait passé un très bon moment historique et avait été émerveillée.

Poursuivant leurs échanges par messages, il lui demanda quelles raisons l'avaient poussée à lui écrire soudainement. Étant résolue à dire toute la vérité et pour commencer sur de bonnes bases, elle lui raconta donc rapidement sa précédente aventure. La réaction de Daniel la déconcerta. Il trouvait cette histoire tellement drôle qu'elle en fut presque vexée. Elle n'avait pas imaginé ce type de réaction, mais alors pas du tout. Finalement, elle rit avec lui c'était un beau moyen de créer les premiers liens avec un inconnu mais elle ne pensait pas qu'elle aurait pu le faire au travers de son histoire avec Cyril.

Après plusieurs jours de discussion, ils décidèrent de se rencontrer au Puy-en-Velay et ils y passèrent un très bon moment. Daniel était galant, drôle et sensible, elle aimait ce genre d'homme. Ils parlèrent de presque tous les sujets. Les deux protagonistes ne voulaient pas s'engager dans une histoire sans lendemain alors les points principaux furent évoqués rapidement pour ne pas se méprendre et ne pas perdre de temps. Éducation des enfants, projets de vie, hobbies, et même le sexe. Il lui avoua rapidement ne pas avoir énormément de libido ceci étant dû à des problèmes de santé. Il prenait des cachets pour estomper une douleur dans le dos qu'il avait depuis des années. Mais ces cachets avaient pour effet secondaire de lui réduire ses désirs. Tout se passait parfaitement bien jusqu'à présent et ce fut le premier refroidissement. Dans l'absolu, ça ne la dérangeait pas plus que cela mais quand même, elle ne se sentait pas vieille et ne voulait pas avoir des relations sexuelles cinq fois par an. Aussi, elle n'était pas très à l'aise avec l'idée qu'une personne aussi jeune que lui soit déjà sous morphine à cause d'une douleur. Elle se voyait mal voyager et faire des projets avec une personne à mobilité réduite. Elle y réfléchirait mieux quand elle rentrerait chez elle.

Daniel ne comptait également pas trop s'éloigner de sa ville car il voulait rester proche de ses enfants. Il cherchait un emploi sur Clermont-Ferrand et Saint-Etienne car il savait que le marché du travail était réduit et qu'il devait élargir le champ des possibles. Ce point-là ne la rebutait pas, elle aussi aurait trouvé des solutions pour rester proche de ses enfants. Son choix jouait même en sa faveur car cela impliquait qu'il avait le sens des priorités et du sacrifice, c'était une qualité qu'elle recherchait chez un homme. Malgré ces quelques points négatifs mais non-rédhibitoires, elle se dit que peut-être naturellement ces sujets se débloqueraient d'eux-mêmes. Elle avait passé un agréable moment en sa compagnie et il ne la rendait pas indifférente.

Les jours passèrent et elle appréciait cette relation. Daniel était une personne avec des valeurs fortes et d'une gentillesse absolue. Elle ne le voyait que les week-ends mais cette situation semblait lui convenir car elle pouvait se focaliser sur son travail et ses enfants durant la semaine et prendre du bon temps le week-end. Ils étaient passés à l'acte. La première fois fut un échec cuisant. Certes, la nature avait été généreuse avec Daniel mais après des préliminaires sensuels il avait eu une panne sexuelle. Elle qui déjà n'était pas à l'aise avec son corps, perdait encore un peu plus confiance en elle. Il s'excusa. Elle n'en fit pas une affaire, cela se passerait mieux les prochaines fois. Et ce fut le cas, les fois suivantes, les rapports amoureux se passèrent bien, elle était enfin rassurée de savoir qu'elle émoustillait encore un homme… Leur histoire s'écrivait tout doucement mais sûrement.

Néanmoins, cette situation ne convenait pas à Jean-Marc qui ne supportait pas les absences de sa femme les week-ends. Un dimanche soir, alors que Catherine prenait sa douche avant d'aller préparer le repas pour les enfants, il rentra furieux dans sa chambre – il avait encore le double des clés – pour lui faire la morale.

— Qu'est-ce qu'il t'arrive à présent ? Tu sors, tu ne t'occupes plus des enfants, tu crois vraiment que ce comportement va pouvoir arranger les choses entre nous ?

Elle était à moitié nue.

— Tais-toi Jean-Marc ! Et sors de ma chambre ! J'en ai assez de tes reproches, cria-t-elle en s'habillant, je n'ai aucune leçon à recevoir de toi, d'un mec qui ne se préoccupe pas de ses enfants et de leur avenir.

Elle continua, hors d'elle.

— Tu veux vraiment parler de comportement responsable avec moi? Toi, qui m'as trompée, toi, qui t'es envoyé des filles sur tes sites de rencontres? Tu te fiches de moi? Dégage! Je ne veux plus te voir!

Abasourdi par sa réaction, ne reconnaissant pas le comportement de sa femme, Jean-Marc, furieux, décampa de la maison en claquant la porte dans un vacarme assourdissant. Lisou partit même se réfugier sous la table de la salle à manger.

Catherine ne décoléra pas de la soirée, elle se sentait humiliée, il rentrait quand il voulait et n'avait aucune gêne. Elle savait qu'elle devait récupérer les clés de la maison mais elle avait peur de les lui demander, cela dégraderait encore davantage leurs rapports et elle ne voulait pas que ce soit trop violent afin de préserver ses enfants. Cela arriverait pourtant bien un jour. Elle en parla à Daniel qui, curieusement, souhaitait rester en dehors du conflit, estimant que leur histoire était trop récente pour qu'il s'immisce dans de telles décisions. Elle était déçue mais le comprenait, elle lui dit qu'elle le tiendrait informé.

Les semaines passaient et se ressemblaient, Daniel était toujours gentil et attentionné mais elle sentait que quelque chose ne collait pas. Ils passaient leurs week-ends ensemble et pourtant, elle le trouvait distant, froid même… Et leurs rapports sexuels pouvaient se compter sur les doigts d'une main… Elle prit donc la décision de lui demander ce qui n'allait pas. Sa réponse fut aussi courte que cinglante.

— Je suis désolé Catherine. Honnêtement je n'y arrive pas, je n'ai pas le béguin. J'ai pourtant essayé mais cela ne se contrôle pas, je suis vraiment désolé.

Ce fut une douche froide. Catherine ne pensait pas qu'un homme aussi ennuyant que lui l'aurait quittée mais c'était plutôt un soulagement. Elle ne voulut cependant pas le blesser, elle le laissa déballer le discours classique, cela venait de lui, ce n'était pas de sa faute, c'était lui le problème, elle était parfaite, blablabla... Elle le remercia et lui dit qu'effectivement elle n'avait pas eu non plus l'alchimie qu'elle recherchait malgré l'affection qu'elle lui accordait. Ils décidèrent d'en rester là, l'histoire devait se finir et elle se terminerait en bons termes.

Chapitre 8
Suis-je le problème?

La carapace de Catherine s'endurcissait un peu plus à chaque rupture et tout cœur d'artichaut qu'elle était, elle s'en remettait un peu mieux à chaque nouvelle histoire. Elle savait qu'elle aurait d'autres épisodes amoureux mais avant de s'engager, elle décida de régler ses affaires avec Jean-Marc. Elle ne voulait pas gâcher une histoire à cause d'un mari hystérique qui pensait encore avoir la mainmise sur elle.

Jean-Marc et elle avaient encore un compte commun qu'elle n'utilisait pas et qu'elle ne consultait plus mais c'était tout de même un compte commun et symboliquement, elle décida de commencer ses démarches par là et de clôturer ce compte. En appelant sa banquière, elle eut une surprise de taille : Jean-Marc avait contracté un crédit à la consommation à son nom de cinq mille euros. Elle n'en revenait pas, les fonds avaient déjà été versés et les échéances, soit quatre cent cinquante euros mensuels, débuteraient dans deux mois et ce pendant un an. Lorsqu'elle se connecta sur le compte, les cinq mille euros avaient déjà été retirés. Elle n'avait aucun recours. Elle appela Jean-Marc.

— Dis-moi, n'as-tu pas quelque chose à m'apprendre ?

— Je ne vois pas de quoi tu parles.

Elle entra dans une colère noire.

— Ah vraiment ? Je viens de parler avec la banquière par téléphone et j'apprends que tu contractes des crédits en mon nom ! Sais-tu que je peux t'attaquer en justice si je veux !?

Elle savait qu'étant encore mariée, elle ne pouvait rien contre lui, elle voulait lui mettre la pression.

— Écoute… Répondit-il, j'en ai besoin pour mes nouveaux projets, je te rembourserai la somme dès que possible.

Elle rétorqua en criant.

— Tu es un incapable, tu n'as jamais réussi à mettre un euro de côté, j'ai toujours tout assumé et tu me dis que tu me rembourseras dès que possible ?

Elle n'en croyait pas ses oreilles, elle était si énervée qu'elle lui raccrocha au nez. Elle ne décolérait pas. Elle n'avait qu'une issue, prendre de l'argent dans son épargne afin de rembourser ce prêt et de solder le compte. Ce qu'elle fit. Cinq mille euros était une somme pour elle maintenant qu'elle était seule à assumer les enfants mais elle était décidée, elle voulait rompre les liens avec son mari.

Les jours passaient et elle dissociait petit à petit toutes ses affaires avec Jean-Marc mais le problème était plus ardu qu'elle ne l'aurait imaginé ; étant encore mariée sa marge de manœuvre était faible et la majorité des documents devait être signée par les deux parties. Ce qu'il ne voulait pas faire. Elle devrait demander le divorce dans les semaines à venir mais elle voulait en parler aux enfants d'abord. Elle le ferait en temps voulu.

Un samedi après-midi alors qu'elle avait eu une semaine chargée au travail, elle décida de prendre un peu de temps pour elle et se connecta sur le site de rencontres habituel, elle avait envie de se vider la tête et voulait sortir le soir même. Un dénommé Gabriel attira son attention, il habitait près de chez elle, il était mignon, professeur de mathématiques, sans enfants et elle se dit qu'il serait le parfait inconnu pour passer une bonne soirée. Elle le contacta, il était libre ce soir-là, ils décidèrent donc d'aller au cinéma. Peu lui importait le film, elle voulait simplement se changer les idées.

Arrivée sur place, elle constata que Gabriel ressemblait bien aux photos du site, elle le salua et ils se dirigèrent vers le cinéma. Ils s'étaient donné rendez-vous une heure avant la séance afin de converser quelque peu pour prendre la température de la soirée. Ils achetèrent un paquet de pop-corn et quelques friandises puis s'assirent sur un des canapés qui étaient dans le hall d'entrée et qui servaient à faire patienter les cinéphiles avant chaque séance. Elle lui expliqua qu'elle voulait se divertir après des semaines plutôt lourdes à gérer et cela convenait plutôt à Gabriel. Il n'attendait rien de cette rencontre et elle non plus si ce n'est un moment de plaisir. Et ce fut en effet un bon moment de plaisir. Après la séance, ils allèrent déguster un bon steak frites dans un restaurant à côté et burent quelques verres de vin. Elle découvrait un homme drôle et sympathique, il était cultivé et passionné par la mythologie grecque. Pas forcément un sujet fascinant lors d'un premier rendez-vous et pourtant, elle passait un bon moment avec lui, il savait comment raconter des histoires et rendre une conversation palpitante. De son côté, elle se confiait sur ses problèmes conjugaux, ses aventures malheureuses et sur sa vie en général. Finalement, les gens rencontrés sur ces sites se ressemblent parfois, leurs histoires sont souvent similaires. Après une déception amoureuse, les protagonistes de ces sites passent par une période de découvertes, d'aventures et de liberté. Ensuite, soit ils se plaisent dans ce modèle amoureux et ils s'en contentent, soit ils finissent par rechercher la personne qui leur correspond grâce à des critères précis du profil. Ces sites de rencontres créent des couples mais ils créent également des amitiés, on se rend parfois compte qu'une personne n'est pas faite pour nous mais qu'elle peut devenir un ami.

Et c'est ce qu'elle ressentait avec Gabriel. Le ressenti était partagé. Le repas terminé, il l'invita chez elle et même si elle n'avait pas eu le coup de foudre elle se laissa aller et passa une nuit torride et décomplexée. Le lendemain matin, après un bon petit-déjeuner, elle le remercia pour la soirée et lui dit qu'elle le rappellerait un jour peut-être. Il sourit, il avait passé un moment agréable en sa compagnie et lui répondit qu'il la reverrait avec plaisir quand elle le désirerait.

Elle sortit de l'appartement et arpenta la rue piétonne qui menait à sa voiture. Elle se sentait légère. Elle s'était envoyée en l'air avec un inconnu et n'avait pas donné suite sans avoir à se justifier. Elle s'était sentie désirée, avait profité de l'instant présent sans se préoccuper du lendemain. Quel pied, pensa-t-elle, enfin une histoire sans problèmes, avec un dénouement simple. Elle continuait de marcher dans la rue, sautillant, avec le sourire aux lèvres. Les passants la regardaient d'un air amusé.

Une fois rentrée à la maison elle nourrit Lisou qui l'attendait en remuant la queue comme à son habitude, elle la caressa longuement puis monta dans sa chambre, prit une longue douche chaude en riant d'elle-même et en repensant à sa nuit pimentée. Jamais elle n'aurait un jour pensé coucher avec un homme le premier soir, jamais elle n'aurait pensé se laisser aller à ce point avec un inconnu. Elle se dit même qu'elle avait été inconsciente, que Gabriel aurait pu être un déséquilibré ou un homme violent. Elle avait peut-être été un peu imprudente et en même temps, que serait la vie sans ces petits moments de folie. Elle avait été tellement prévisible et ennuyeuse pendant toutes ces années qu'elle avait besoin de s'abandonner un peu à des situations plus tumultueuses.

Sortie de la douche, elle s'habilla, s'installa sur le canapé et prit un livre. Il était dix heures et demie du matin, les enfants dormaient encore, il était rare qu'ils se lèvent avant midi les dimanches. Subitement, elle entendit un bruit à la porte d'entrée ; Jean-Marc arrivait… Il était manifestement de mauvaise humeur.

— Je n'ai pas vu ta voiture quand je suis rentré hier soir.

Sa soirée s'était terminée tard dans la nuit ou plutôt tôt dans la matinée. Après la mauvaise surprise du crédit pris à son insu, elle n'avait ni envie de le voir ni de l'entendre.

— J'aimerais que tu me rendes les clés, commença-t-elle calmement, ce n'est pas normal que tu rentres ici comme bon te semble. Je suis chez moi, tu n'habites plus ici, il n'y a plus aucune raison que tu aies les clés.

Comme attendu, ses yeux se remplirent de colère, il lui jeta les clés à la figure.

— T'as pas honte ? T'as vraiment plus aucun respect pour moi ? lui demanda-t-il, tu me demandes cela pour vivre à ta guise et…

Elle l'arrêta net.

— Je te le redis, je suis chez moi, je fais ce que je veux, quand je veux et avec qui je veux. Je n'ai plus vingt ans, je n'ai pas à justifier mes faits et gestes. Surtout à toi! Je n'ai que faire de tes brimades et de tes coups de sang. Tu m'as humiliée, trompée, tu n'as jamais assumé ton ménage, encore moins les enfants et tu oses encore employer le mot respect dans toutes tes phrases?

Elle se calma, les enfants dormaient encore mais avec ce bruit, ils seraient sans doute réveillés d'un instant à l'autre. Il était hors de lui et n'arrivait plus à formuler ses phrases correctement, se répétant et affirmant que tout ceci ne réglerait en rien leurs problèmes de couple.

— Je veux divorcer.

Elle lui assena sèchement cette phrase, sans prévenir. Ces mots l'arrêtèrent net dans son affligeant monologue. On n'entendait plus un bruit dans la maison, elle avait enfin prononcé la phrase salvatrice. La phrase qui la libérerait de cet homme qu'elle n'aimait plus et avec qui elle devait rompre ces liens malsains pour son bien être et pour le bien être de ses enfants. Ils étaient séparés et la situation devait se régler comme deux personnes détachées avec des gardes alternées et surtout, chacun chez soi, plus de liens ambigus avec son mari, futur ex-mari. Il la regarda, il n'aurait jamais pensé qu'elle aurait le courage de demander cela, il savait qu'il était allé trop loin ces dernières années mais il n'aurait jamais imaginé se retrouver un jour dans cette situation. Pourtant, la phrase avait été lancée. Son regard n'était plus le même, le regard de cet homme fier et dur avait laissé place à un regard d'homme abattu, désespéré. Elle ne pouvait pas le regarder ainsi, elle baissa les yeux. Il se retourna et s'en alla sans rien dire. Son départ laissa place à un vide qui lui sembla durer une éternité et en même temps, elle avait senti son cœur instantanément plus léger. Elle s'affala sur le canapé le temps de retrouver ses esprits puis repartit dans la cuisine, prépara le déjeuner pour ses enfants lorsqu'ils se lèveraient et repartit se coucher ; toutes ces émotions l'avaient vidée. Lorsqu'elle ouvrit les yeux vers quinze heures et qu'elle descendit dans la cuisine, les enfants étaient devant la télé, ils avaient mangé. Ils l'embrassèrent tour à tour avant de reprendre leur place sur le canapé.

Chapitre 9
Une pause italienne

Les jours suivants, elle les consacra aux derniers préparatifs du voyage scolaire prévu chaque année par le centre de formation. Cette année, les élèves partaient une semaine en Italie près du lac de Garde. Un lieu idyllique. Cela lui ferait du bien d'autant plus qu'elle partait avec ses compères Arnaud et Romain. Le voyage prévu deux semaines plus tard serait une bonne coupure et lui changerait les idées. Elle affectionnait l'Italie, c'était un joli pays. Elle n'aimait pas généraliser mais globalement elle appréciait la façon de vivre des italiens, elle avait l'impression qu'ils avaient moins de soucis en tous cas, ils semblaient prendre la vie du bon côté.

Jean-Marc ne donnait plus de nouvelles, il devait être vexé depuis leur dernière conversation. Elle savait qu'elle avait lâché une bombe, elle voulait qu'il réfléchisse, qu'il pense aux conditions de la séparation, mais en tous cas, elle avait percé l'abcès et cela lui permettrait d'avancer.

Le jour du départ arriva, comme à chaque fois qu'elle s'absentait pour des raisons professionnelles elle avait laissé les enfants chez leur grand-mère. Heureusement que mamie était là, depuis la mort de son mari elle avait du mal à se gérer elle-même mais elle s'occupait encore et toujours bien des enfants.

Le car devait partir à six heures du matin. Les élèves étaient presque tous présents, certains avaient fait la fête la veille et ne s'étaient pas réveillés. Il fallut plusieurs appels et plusieurs remontrances – inutiles d'ailleurs car les élèves étaient encore éméchés – avant de pouvoir enfin démarrer. Catherine réglerait cela au retour, il fallait y aller, le groupe était attendu à quinze heures à destination.

Le trajet se déroula plutôt bien, l'hôtel qui les accueillait était ancien mais propre, l'ambiance était bonne.

Les précédents voyages s'étaient toujours bien déroulés, les élèves respectaient les règles. Cette année fut bien différente. Au regard de ce qui lui arrivait dans sa vie personnelle, il n'y avait finalement rien d'étonnant. Les premiers jours furent compliqués, les élèves suivaient un planning strict, cours le matin dans une université locale, visites culturelles l'après-midi dans les différentes villes environnantes. Les élèves considéraient cependant ce voyage scolaire comme des vacances et se montraient dissipés pendant les cours et irrespectueux lors des visites culturelles guidées, parlant en même temps que le guide. Malgré les interdictions et menaces de procédures disciplinaires, certains d'entre eux n'avaient rien trouvé de mieux que de fumer des joints pendant la journée, ce qui les rendait intellectuellement absents de toute activité prévue par l'établissement scolaire.

Malgré tout, elle et ses collègues décidèrent d'en tirer du positif, de profiter des paysages, des visites culturelles et autres activités. Le lieu était magique. Les soirs, elle racontait ses anecdotes à Arnaud et Romain. Ils étaient toujours étonnés de la relation qu'elle entretenait avec son mari, étonnés de son attitude envers lui. Ils étaient plus jeunes, ils se rendraient compte plus tard de la complexité des rapports dans un couple. Arnaud quant à lui, avait également une nouvelle à leur apprendre, il allait être papa. Sa compagne et lui ne connaissaient pas encore le sexe de l'enfant mais considérant la personnalité d'Arnaud, il voudrait le savoir au plus tôt afin de préparer la venue du bébé dans les meilleures conditions. Sa prévoyance ne le quittait jamais. C'était une qualité qu'elle admirait chez lui, elle avait rencontré peu d'hommes aussi droits et intègres que lui, même après des années, elle en était toujours bluffée. En même temps, elle se disait qu'elle ne pourrait jamais être avec quelqu'un comme lui, pas assez d'imprévus à son goût, pas assez de folie. Les femmes sont pleines de paradoxes pensait-elle, elles veulent un homme bon, intelligent, beau et drôle mais tout de même un peu bad boy, pas trop lisse, avec lequel elles pourraient avoir des différences et des divergences qui pourraient se résoudre sous la couette. Elle soupirait, elle repensait à ces individus qu'elle avait connus ces derniers mois et elle ne regrettait ces expériences pour rien au monde, ces dernières l'avaient aidée à grandir, à se retrouver en tant que femme et à s'affirmer. Néanmoins, elle se sentait prête pour une nouvelle histoire d'amour sérieuse, ces expériences avaient été nécessaires pour comprendre ce dont elle avait réellement besoin.

Un soir de quartier libre, Catherine Romain et Arnaud avaient décidé d'aller boire un verre en ville, comme à leur habitude ils rirent, racontèrent des blagues et passèrent un bon moment dans un pub autour d'une table remplie de tapas et bien abreuvée par des bières locales. Au détour d'une conversation, Arnaud demanda à Catherine ses critères de sélection après son émancipation récente. Elle avait aujourd'hui une idée plus précise de ce qu'elle voulait, un homme de son âge, drôle, attentif et naturel. Elle n'avait plus vraiment de critères physiques, elle voulait quelqu'un sexuellement attirant et surtout attiré par elle. Elle savait qu'après avoir eu trois enfants, elle n'avait plus le physique d'une jeune femme de vingt ans et elle savait que ses trois grossesses avaient laissé des traces, des traces encore visibles sur son corps. C'est sûrement ce qui l'avait bloquée… Non seulement au début de ses relations intimes avec d'autres hommes mais pire, c'est aussi une des raisons qui l'avaient poussée à rester avec Jean-Marc. Elle avait trop honte de son corps mais elle savait que Jean-Marc la désirait ainsi et cela la rassurait. Elle avait tant redouté le regard d'un autre homme sur sa nudité. Mais cette époque était révolue, elle était à présent décomplexée, bien dans sa tête et convaincue de sa capacité à plaire et à charmer certains hommes.

Elle promit à ses collègues qu'elle allait bien, que sans doute elle trouverait un partenaire lui correspondant. Ils passèrent la fin de soirée dans la bonne humeur et ne rentrèrent pas tard car le lendemain il fallait revenir en France.

Malgré les péripéties du voyage, le retour au pays se passa sans événement particulier. Les élèves avaient pour la grande majorité dormi tout le long du trajet. Tant mieux, elle et ses collègues avaient dû maintenir l'ordre durant tout le séjour et franchement, ils appréciaient un peu de calme.

Bien que de courte durée, cette excursion lui avait fait du bien, elle lui avait aéré l'esprit. Elle se sentait fatiguée mais c'était de la saine fatigue.

Le samedi qui suivit, sa sœur Charlotte l'invita à un anniversaire pour lui changer les idées. Catherine n'avait pas très envie d'y aller, elle n'aimait pas spécialement se rendre dans des endroits avec beaucoup d'inconnus. Charlotte était pratiquement en tous points son opposé. Elle avait eu de nombreux partenaires, elle était extravertie, sûre d'elle et très calculatrice. Physiquement, elle ne lui ressemblait pas non plus, Charlotte était grande, fine, brune, le regard perçant, c'était une séductrice, elle savait attirer les regards sur elle. Charlotte n'avait pas de mauvaises intentions mais elle savait manipuler les gens quand elle voulait obtenir quelque chose. Les deux sœurs n'avaient jamais été proches, elles s'aimaient et se soutenaient mais elles avaient pris au fil des années des chemins trop différents et même la mort de leur papa n'aurait pu gommer leurs trop grandes disparités.

Catherine n'ayant pas grand-chose de prévu ce samedi, elle se dit qu'elle ferait une apparition et puis qu'elle repartirait furtivement au cours de la soirée.

Elle arriva vers vingt-et-une heures au lieu indiqué par sa sœur. Charlotte était déjà sur place, un verre de Margarita à la main, concentrée et en pleine conversation avec un groupe d'amis.

Elle salua timidement les personnes qu'elle rencontra. Charlotte qui avait vu sa sœur à l'entrée lui fit un signe de la main afin de venir saluer les personnes avec qui elle conversait. Catherine s'approcha, salua poliment les membres du groupe et s'inséra dans la discussion. Le débat tournait autour d'une possible fin du monde à cause de l'exploitation incontrôlée des ressources de la planète. Même si le thème n'était pas joyeux, il avait capté son attention car elle était sensible aux questions environnementales et avait l'intime conviction qu'un jour, la Terre reprendrait le dessus sur l'Homme… Soit à la suite de catastrophes naturelles soit au travers de guerres qui détruiraient une partie de l'humanité soit par l'apparition de virus qui décimeraient des populations entières et changeraient à jamais les mentalités des Hommes et leur consommation. Après plusieurs échanges, elle se sentit plus à l'aise. Hugo, l'un des membres, lui proposa un verre. Elle accepta la proposition. Il était grand, devait mesurer à peu près un mètre quatre-vingt-dix, plutôt bien portant, un ancien rugbyman. Malgré son air un peu brut de décoffrage, il paraissait sympathique et drôle. En effet, il plaisanta en allant leur servir à boire ce qui la fit sourire. Hugo était infirmier au bloc opératoire, il était séparé depuis trois ans et avait une petite fille de huit ans. Son histoire était originale, il n'avait jamais aimé la maman de sa fille mais était en colocation avec cette femme avec qui il était en bonne entente. Approchant tous les deux la quarantaine et voyant leurs situations amoureuses ne mener nulle part, les deux colocataires avaient décidé de faire un enfant et de l'élever avec des règles et des valeurs communes.

Catherine n'avait jamais entendu cela, c'était un schéma de vie auquel elle n'avait pas réfléchi mais pourquoi pas. Après tout, tant de couples élèvent leurs enfants ensemble alors qu'ils ne s'aiment plus depuis bien des années.

Hugo reprit:

— Après trois ans, ma colocataire a finalement trouvé l'amour, on s'est quitté amis tout en ayant la garde alternée de notre fille, notre priorité.

Lui, depuis, avait eu quelques relations mais elles n'avaient pas abouti. Il voulait tomber amoureux, c'était un romantique, il était le cliché du grand bonhomme bourru au cœur d'artichaut. Physiquement, il ne correspondait pas à son type d'homme, elle les aimait plus élégants, ceux en costume-cravate la faisaient fondre. Il n'avait ni le costume, ni la cravate. Pourtant, Catherine ne sut pas l'expliquer mais elle avait un faible pour lui. Ils restèrent tous les deux un moment, elle lui raconta brièvement sa vie, son futur ex-mari envahissant, ses enfants, sa vie au travail. Souvent en soirée, lorsqu'arrivait le moment où elle décrivait son mari extrêmement jaloux et ses trois enfants, les prétendants trouvaient une excuse pour s'éclipser et lui disaient même franchement qu'elle ne les intéressait pas. Ils avaient au moins l'honnêteté d'avouer qu'ils ne pourraient assumer une telle vie à ses côtés. Pourtant Hugo ne bronchait pas, il l'écoutait attentivement, il semblait fasciné par ce petit bout de femme forte qui rougissait souvent. Elle, de son côté, se disait que finalement elle avait bien fait de venir car probablement elle aurait raté une belle personne. À la fin de la soirée, ils échangèrent leurs numéros et décidèrent de se revoir.

Chapitre 10
Le déclic

Les jours passaient et Catherine pensait sans cesse à Hugo. Difficile à expliquer mais pour la première fois depuis sa séparation, elle pouvait se projeter avec un homme, tout paraissait plus naturel et fluide avec lui. Ils s'appelaient les soirs et se revirent plusieurs fois jusqu'à ce que leur histoire devienne sérieuse, Catherine lui avait même déclaré sa flamme, ce qu'elle n'avait pas fait ni ressenti depuis des années. Hugo présentait Catherine comme son amie à sa fille. Il voulait la préserver, et elle le comprenait. Même son mari se faisait moins présent, la situation en était au point mort mais les relations s'étaient apaisées, ses deux fils s'étaient fait une raison et continuaient leur vie tandis que la petite Léa se rapprochait de plus en plus de sa maman. Plus elle grandissait, plus leur relation devenait fusionnelle. Elle n'aurait jamais imaginé pouvoir avoir cette relation avec sa fille.

À propos des hommes, elle ne daignait même plus répondre à ses amants qui la relançaient, elle n'en ressentait pas le besoin, elle les laissait se lasser. Ce qu'ils firent en définitive.

Les semaines passèrent et pourtant, elle ressentait une gêne, elle avait l'impression qu'Hugo ne s'offrait pas totalement à elle. Un soir, elle décida d'aborder le sujet.

— Chéri, est-ce que je peux te poser une question ?

— Bien sûr.

— Pourquoi tu ne me dis jamais que tu m'aimes ?

— Je ne sais pas…

Il hésita, puis reprit finalement.

— Disons que je ne suis pas très à l'aise avec les relations que tu entretiens encore avec ton mari, j'ai du mal à comprendre que tu veuilles ne pas le froisser après tout ce qu'il t'a fait subir.

Elle comprit vite que le fait que le divorce n'étant pas acté, la situation le refroidissait et l'empêchait de se donner à cent pour cent. Elle ne voulait pas gâcher cette relation, elle parlerait à Jean-Marc dès qu'elle en aurait la possibilité. Mais les occasions se faisaient rares, et un soir alors qu'il venait chercher Léa, elle en profita pour lui proposer un dîner un jour de semaine. Il accepta, il avait également des choses à lui dire.

Un mardi soir, ils se retrouvèrent donc dans une brasserie locale, Jean-Marc était très élégant, ce qui était surprenant si l'on considère que le repas était informel. Il lui fit la bise.

— Comment se passe ta nouvelle vie sans moi? Commença-t-il d'un ton mielleux.

Il ne changerait jamais pensait-elle, elle avait décidément fait le bon choix.

— Tout se passe pour le mieux, répondit-elle. Elle voulait qu'il comprenne qu'avec ou sans lui, c'était du pareil au même mais elle devait être habile afin qu'il signe les papiers du divorce le plus rapidement possible. Elle l'invita donc à prendre un apéritif pour commencer. Il prit une bière. Elle choisit un verre de vin rouge, elle n'en boirait qu'un, elle voulait rester lucide et surtout, ne pas laisser transparaître la moindre émotion dans cette conversation.

Le dîner se passait plutôt bien, Jean-Marc lui racontait sa nouvelle vie, son travail ou plutôt ses petits jobs qu'il enchaînait, il avait l'air satisfait et cela la rendait heureuse également. Ils avaient grandi et évolué de façon bien différente mais elle ne souhaitait pas du mal à son mari, cela la rassurait qu'il soit à l'aise dans sa nouvelle vie. Il lui posa des questions son nouveau copain, s'il était gentil avec Léa, s'il était gentil avec elle. Elle lui raconta l'essentiel, ce qu'il avait besoin d'entendre. Il ne parut pas jaloux, il fit même mine d'être ravi pour elle. Il y avait bien trop d'anomalies dans ce déjeuner, elle mit alors les deux pieds dans le plat :

— Cette conversation est sympathique mais il me semblait que tu avais des choses à me dire, n'est-ce pas ? Il faut également que je te parle d'un sujet mais je te laisse commencer.

Il la fixa un moment, prit une grande inspiration :

— Je vais être papa, lança-t-il contre toute attente.

Elle s'attendait à tout de lui, mais à celle-là ? Vraiment pas ! Non seulement parce qu'il avait cinquante ans passés et après cet âge-là selon elle, c'était bien plus compliqué d'élever un enfant, de partager et de grandir avec lui mais surtout, parce qu'il n'avait absolument pas les qualités requises pour être père. Elle ravala sa salive, elle ne savait pas si elle était déçue, triste pour l'enfant ou énervée à l'idée de cette inconscience dont il faisait preuve ou peut-être ressentait-elle tous ces sentiments à la fois.

— Et tu penses que vu ton intérêt pour tes enfants c'est une bonne idée ?

— Je me suis mis d'accord avec elle, précisa-t-il, je ne serai que le géniteur, je ne veux pas le reconnaître, ni l'assumer.

Calme, il n'avait aucun problème à sortir ces mots de sa bouche, pire, sa compagne avait accepté ces conditions nauséabondes. Elle était outrée, quelle tristesse pour l'enfant !

Elle but une gorgée de son verre de vin, le posa puis le reprit, elle but à nouveau jusqu'à vider le verre. Il serait finalement bien plus facile de demander un divorce officiel étant donné les circonstances. Elle se racla la gorge et prit la parole :

— Écoute Jean-Marc, tes affaires ne me concernent plus dorénavant, je te souhaite simplement d'être heureux dans ta nouvelle vie. Je te demande aussi de ne pas oublier les trois enfants que nous avons eus ensemble.

— Je serai toujours là pour eux. Tu peux compter sur moi.

Elle n'y croyait pas, ses enfants ne pouvaient compter que sur elle et elle n'avait aucunement besoin de lui donc sa réponse n'importait pas vraiment, c'était une façon polie de reprendre la parole et de s'assurer qu'il était attentif à ce qu'elle s'apprêtait à dire :

— Puisque nous sommes dans les annonces, j'en profite pour te demander officiellement le divorce. Il n'y a pas d'échappatoire possible cette fois. Je m'occuperai entièrement de l'éducation des enfants et je les accompagnerai financièrement dans leurs futures études. Tu pourras les voir quand tu le désireras et pour les choses importantes les concernant, je t'en informerai. C'est mon offre à prendre ou... à prendre.

Elle ne voulait pas d'opposition mais elle était prête à y faire face si besoin. Après quelques secondes d'hésitation, Il accepta. Il approuva si facilement qu'elle n'en revenait pas, jamais Jean-Marc n'aurait auparavant concédé toutes ces conditions sans sourciller.

Tant mieux, elle savait qu'ils n'y reviendraient pas dessus. Cela la soulageait, elle n'en demandait pas tant. Le repas se termina assez rapidement, les deux protagonistes étaient épuisés par le relâchement du stress, les émotions et certainement la volonté d'annoncer la nouvelle à leurs conjoints respectifs.

Catherine rentra chez elle et n'avait qu'une envie c'était de s'allonger dans son lit pour dormir. Elle n'avait pas la force d'appeler Hugo pour lui parler du repas, elle lui envoya un texto lui disant que le repas s'était bien passé et qu'elle lui expliquerait tout le lendemain. Il répondit en lui souhaitant bonne nuit avec des smileys en forme de cœur. Elle s'allongea sur son lit et s'endormit instantanément.

Le lendemain, en ouvrant les yeux, elle s'étira, elle avait dormi profondément malgré les nouvelles de la veille. Elle sortit du lit encore à moitié réveillée, enfila une robe de chambre pour aller se préparer un café. Au rez-de-chaussée, elle entendit du bruit. Elle descendit les marches une par une jusqu'à s'arrêter net au milieu des escaliers. Entendant le bruit des pas, un homme se retourna, c'était Jean-Marc. Il la regarda puis sourit :

— Bonjour Chérie, as-tu bien dormi ?

Remerciements

Merci à tous ceux qui m'ont soutenu et inspiré pour ce premier roman, Carine, Alex et toutes les personnes ayant participé à sa réalisation, Marlène, Thomas, Marie-Ange, Geoffrey, Sonia-Sarah et Mélanie.